メディアワークス文庫

不遇令嬢とひきこもり魔法使い2
ふたりでスローライフを目指します

丹羽夏子

目　次

プロローグ　5

第1章　レナート王子の婚約話　9

第2章　ローリアへのおでかけ　33

第3章　フナル山での事件　71

第4章　フラック村での暮らしⅠ　115

第5章　フラック村での暮らしⅡ　145

幕間　ローリア城にて　167

第6章　刻限　183

第7章　対立　205

第8章　そして世界に花が咲いた　239

第9章　ひとつの時代の終わり　265

エピローグ　283

CHARACTERS

ネヴィレッタ

魔法の才がないと蔑まれていたオレーク公爵家の令嬢。光属性の魔法使いであることが判明し、聖女となる。

エルド

「魂喰らい」の名で畏怖されていた最強の魔法使い。希少な地属性。野菜や果物を育てるのが好き。

レナート

ガラム王国の王子。父が座る玉座を狙う野心家。

バジム

レナートの父にしてガラム王国の王。好戦的。

マルス

ネヴィレッタの兄。火属性の魔法騎士団の団長。

ヘルミナ

かつての敵国メダード王国の第三王女。

ダリア

ヘルミナの教育係。

プロローグ

エルドが土鍋に白ワインを回し入れると、鍋の中のチーズが、ほろりととろけた。濃厚な香りがあたりに漂う。

ネヴィレッタは、チーズがとろけていくのを眺めて、喜びのあまり「わあ」と小さな声を漏らした。

朝搾ってきた新鮮で無加工の牛乳を注ぐ。それから、隠し味程度に少しだけオリーブオイルを足す。柄(え)の長いフォークでゆっくり掻(か)き混(ま)ぜると、とろけたチーズがゆるりゆるりと円を描いた。

「もういいかな」

そう言って、エルドがフォークを小皿にどけた。

「では、今日も村長の家の牛が健康なことに感謝して、いただきます」

「いただきます」

おのおの好きな食材をフォークに刺して、熱したチーズに突っ込んだ。

季節は冬で、朝は冷えたが、日が高くなったらそこまで寒くはなくなった。絶好のチーズフォンデュ日和だ。快晴の空の真下、森の中にあるエルドの小さな家の前で、土鍋を大きめの調理用ランプの火にかけている。簡単な料理のわりに満足感が高いので、今冬三回目になる。

フラック村は今日も平和だった。村人たちが言うにはこんなに平和なのも村の領主がレナート王子になってからとのことだが、ネヴィレッタは、この村は何百年も前からこういう空気だったのではないかと思うほど、時の流れが穏やかなのを感じている。今朝は、ネヴィレッタは牛の乳搾りをし、エルドはチーズを売りに行く馬車に巨大なチーズのかたまりを積み込む作業をして、謝礼として食材を受け取った。のどかな農村の日常だ。

この村の中にいれば、エルドが魂喰らい（たまく）と呼ばれて貶め（おとし）られることもなければ、ネヴィレッタが聖女と呼ばれて担ぎ上げられることもない。

太陽の光が、エルドの長い睫毛（まつげ）を透かしている。エルドは髪をはじめとする毛が全体的に金に近い茶色で、収穫直前の麦の穂に似ていた。なんと美しい人だろうと、ネヴィレッタは思う。

目が合いそうになったので、うつむいて視線を逸（そ）らした。チーズをまとった熱いじゃがいもに息を吹きかける。

「ねえ、ネヴィレッタ」

エルドが口を開いた。

「ちょっと頼みごとがあるんだけどさ」

「なに？」

「しばらく領主館に住まわせてくれないかな。家の工事が本格的に始まるから」

ネヴィレッタはすぐに「いいわよ」と回答した。

領主館は、本来は領主であるレナート王子の別荘だが、今はネヴィレッタが一時的な住まいとして使っている。

ネヴィレッタの正式な住まいは、そのうち、今背後にあるエルドのこの家になる予定だ。

しかし、この家は二人暮らしには少し小さいとのことで、エルドは改築工事を決めた。

ネヴィレッタは狭い部屋で二人身を寄せ合って暮らすのもいいではないかと思っていたが、家主のエルドがそう決めたのなら反対することもない。

「春まで、家が完成するまでよね？」

そう言うと、案の定、エルドは頷（うなず）いた。

「工事中の家に住むのはさすがに僕もきついので。冬だから、壁に穴が開いてるの、嫌だしね。領主館は広すぎて落ち着かないだろうけど……本当はお手伝いさんたちが出入りするのもちょっと抵抗があるんだけどさ」

「あ」

ひとが出入りする、で思い出した。ネヴィレッタは即答してしまったが、あの屋敷はもともとネヴィレッタの屋敷ではない。

「レナート王子にはなんて言おうかしら」

「は？」

レナート王子と気が合わないエルドが、名前を出しただけなのに顔をしかめる。

「なんで奴に言う必要があるの？」

「奴って……。だって、本来はあのお方の屋敷だし——」

先日受け取った手紙を思い出した。

「来週からおいでになるんだもの。冬休みですって。しばらく村でお過ごしになるから、少しの間だけど一緒に暮らしましょう、とのことだったわ」

エルドが珍しく「ええーっ」と大きな声を出した。

第1章　レナート王子の婚約話

1

人見知りのエルドに選択肢はない。工事で穴の開いた家に住み続けるわけにはいかず、かといって他の村人の家に寝泊まりさせてもらうのも嫌とくれば、広い領主館で極力距離を置いて過ごすしかない。結局、チーズフォンデュをした数日後に荷物を持って領主館にやって来た。

それとほぼ同時に、レナート王子も現れた。

レナート王子とエルドと、三人で夕飯を取る。レナート王子もエルドも川魚のムニエルを食べた後に羊肉のステーキを食べている。エルドは昼にもかなりがっつりと食事をしているはずなのに、よくもこんなに胃に入れられるものだ。

「食が進まないのかね？」

肉料理を控えたネヴィレッタに、レナート王子が問い掛けてきた。

「最近は昼にたくさん食べて夜は控えめにしています」

ネヴィレッタは現在、朝食と夕食を領主館に勤める料理人に作ってもらっている。料理人と言っても、プロの調理師を専属契約で雇っているわけではない。一食単位で食材を配達してもらい、村の料理上手の女性に簡単な味付けと盛り付けをしてもらっている感じだ。簡単な、といっても、ネヴィレッタの栄養と体調を考慮した食材を選んでくれている。新鮮な葉野菜を食べることが多い。こういう食生活になって、ネヴィレッタはみるみる健康になった。

「今日の昼は何を食べたのかな？」

「エルドが作ってくれた鶏と冬野菜のシチューです」

「二人でお料理などして過ごしているのかね」

エルドが「そうだけど」と答える。

「他に何かすることはないのか？」

「他に？　いろいろしてるけど。今は畑でキャベツと白菜を育てていて、湖に魚釣りにも行くし……湖では水鳥を眺めたりもしてる。で、日が落ちたら外仕事も外遊びもできないからネヴィレッタを領主館まで送ってる」

「健全だな。男女が二人でいてそんなものか。私は今日会ったら実は妊娠していますなどと言われるかもしれないと考えていたが。ネヴィレッタの食事量が少ないのもつわりかと」

エルドが、がちゃん、とカトラリーを取り落とした。レナート王子への給仕のために特別に街から雇い入れた若者が、慌ててかわりのものを持ってくる。ネヴィレッタは、表向きは冷静そうに見えているかもしれないが、顔の筋肉も指の筋肉も硬直してしまって動けないだけだ。

「まだ結婚してないんだけど！」

レナート王子が「やれやれ」と鼻で笑った。

「まるでおままごとだな」

「あんた……っ」

立ち上がろうとしたエルドに、硬直が解けたネヴィレッタが慌てて「よして、お願いよ」と訴える。

「座ってちょうだい。食事の席よ。みんな見ているわよ」

周りにはなじみの村の手伝いの人々だけでなく、レナート王子が連れてきた使用人も複数人控えている。

「いや、君たちらしくていいのかもしれないな。ひと付き合いのなんたるかをゆっくり学びたまえ」

「うるさいな、僕らの関係につべこべ口を出すな」

「そうは言うが、君たちの関係には君たちが思っている以上に注目が集まっている。どうやらこの村の人間は気を遣って黙っているようだが、それに甘えていてはいけないぞ。王都に出たら祝福のフラワーシャワーが降り注いでしまうだろう」

そういえば、エルドとネヴィレッタが生涯をともにすると誓ったことは国内全土の人間が知るところである。国民はみんな大なり小なり二人の動向を意識しているのだろう。最強の魔法使いと、聖女の、結婚——自分たちの結婚は、政治的行為なのだ。最強の魔法使いの花嫁が誰になるか、聖女の花婿が誰になるか。それらは、本当は、国家ぐるみの巨大な課題なのだ。

「所帯を持つのは大変だ」

レナート王子が、溜息(ためいき)をついた。溜息ではあるが、絶句しているエルドとネヴィレッタの前でやられると明るく滑稽ですらある。

「私はまだ結婚したくないな。面倒くさいことこの上ない。君たち、よく結婚する気になったものだね。しかし私も逃げ切ることはできない。年貢の納め時ときた——まあ私は年貢を納めてもらう側だが」

エルドが「はん？」と言って顔を上げる。

「なに、結婚するの？」

「ああ」

即答された。エルドとネヴィレッタの間に、見えない雷が落ちた。

「誰と？」

「メダード王国のお姫様と」

「ええ⁉」

急転直下の展開で、驚天動地だ。レナート王子はなおも粛々と食事を進めているが、エルドとネヴィレッタは手を止めて声をひっくり返している。

「おめでとうございます！」

「めでたいものかね。私からプロポーズしておいてなんだが、つまらない話だ」

「プロポーズしたの？　殿下から？」

「正確には婚約の申し入れの書状を送った、一文字一文字すべて私の手書きだ。なんと誠実なのだろう」

「殿下にそういうお相手がいたなんて……！」

「しかもメダード王国のお姫様って、王女様ってこと？　敵国の王族同士で？　すごい大恋愛では――」

「人質にもらえるのが彼女しかいなさそうだったので」

エルドとネヴィレッタはふたたび黙った。エルドは顔じゅうで不快感を表現している。おそらくネヴィレッタも同じ顔をしている。レナート王子だけは、当たり前のなんでもない日常会話のような顔をして話を続けている。

「エルドの言うとおり、ガラム王国とメダード王国は敵国同士だった。最近までね。ここで同盟を結ぶには婚姻政策がよろしい。この大陸の結婚制度が一夫一妻制である限り私は同盟が破綻するまで他の妃を持てない、そしてこの同盟が破綻することが即乱世につながる以上私は彼女を生涯大切にするしかないのだろう」

「なに……それ……」

「こちらは男の私しかおらず、向こうは娘が余っているのだから、ちょうどよかったのだ。それに、今はガラム王国のほうが有利な立場だからね」

レナート王子がちょっと笑った。邪悪な笑みだった。

「大陸最強の恐ろしい地属性の魔法使い様のおかげで、戦争がこちらに有利な形で終わったのでね。私が婿に行かずに済んで、めでたしめでたしだ」

エルドがうつむいた。ネヴィレッタも、膝の上のナプキンを強く握り締めた。

これが、戦後処理なのだ。

最悪の気分だった。

2

食事の時はショックのあまり何も言えなくなってしまったが、自室に下がり、風呂に入ると、怒りがふつふつと込み上げてきた。そして、そろそろ寝る時間というくらいになってから、一言言ってやる、という気持ちになった。

寝間着から服に着替えて、レナート王子に会いに行く。

フラック村で暮らすようになってからというもの、ネヴィレッタは自分の喜怒哀楽に向き合うことが増えた。実家にいた時にはすべてふたをしてきた感情が、じわりじわりと滲(にじ)み出てきたのだ。しかし、子供の頃から自分を押し殺していたネヴィレッタは、それを反射的に表現することができない。少し時間を置き、嚙(か)み砕(くだ)いてから、言葉にする。

ありがたいのは、そういうネヴィレッタにエルドが理解を示してくれていることだった。抑圧され、自己表現をしないで生きてきた者同士、遅れて出てくる感情を否定せず、後から、そういえばあの時こんなことを感じた、ということをゆっくり語り合える。得がたい存在だ。

だが、打てば響くのをよしとしているレナート王子はそうはいかない。しかも口がうまいので、一人では言いくるめられてしまう。ネヴィレッタはやはり寝支度をしていたエルドを部屋から引っ張り出した。彼は寝間着のままネヴィレッタの後をついてきた。同じ建物の中で生活していてよかった。誰よりも頼れる相棒のエルドがいれば心強い。

目指すは一等客室だ。

連絡が来た当初は、ネヴィレッタが普段使っている領主の寝室をレナート王子に明け渡すのが筋だと思って支度をしていた。しかし、二週間程度しか滞在しないのに、何カ月もここにいるネヴィレッタに引っ越しをさせるのは時間と労力の無駄だから、と言って、レナート王子が自ら客室を使うと言った。

ちなみにエルドも領主館の客室を使っているが、彼は広い部屋があまり好きではないということで、あえて少し格の落ちる部屋に宿泊している。広さと調度品の問題で、清潔で日当たり良好な部屋であることには変わらないので、特にこれといった不自由はなさそうだ。

ドアを少し乱暴にノックした。

「殿下、起きておいでですか」

「ネヴィレッタかね？」

「エルドもいます。で、ちょっとお話があるのですが。起きておいでならお部屋に入れていただけませんか」

すぐにドアが開いた。レナート王子が顔を出す。夕飯の時に見たものと同じ厚手のシャツとベルベットのトラウザーズだ。クラバットまでまだ締めている。すぐ寝る雰囲気ではない。

「まだお休みになりませんよね？」

「ああ、まあ」

ネヴィレッタとエルドをしげしげと眺めている。

「どうしたのかね、こんな時間に、二人揃（そろ）って。しかも、そんな、鬼気迫る表情で」

「とりあえず、お部屋に入らせてください」

「構わないが」

部屋に入ると、まだランプがこうこうと明るかった。みんなの顔が見える。

「座りたまえ。何か飲むかね？」

「結構です」

ネヴィレッタは座らなかった。斜め後ろにエルドを従えたような状態のまま、レナート王子を見据えた。彼はどうやらワインを開けていたらしく、テーブルから中途半端に液体が入っているグラスを取って一口あおった。

「どうした？　何かあったのかな？」

「さっきお夕飯の席でおっしゃっていた結婚の話なんですけれど」

「君たちの？」

「いいえ、殿下のです」

レナート王子が長い睫毛をぱちぱちと重ね合わせる。

少し緊張した。指先が震える。

「相手の王女様は何というお名前ですか」

「確かヘルミナ姫だそうだ」

「年はおいくつですか」

「たぶん十八、九だったような」

　ネヴィレッタは強く息を吐いて呆(あき)れた気持ちを露骨に表現した。そんなネヴィレッタに対して、レナート王子が「仕方あるまい」と弁明する。

「最初は第二王女のはずだったのだが、途中で話が第三王女になったのだ。それで情報がごちゃごちゃになってしまった」

「途中で結婚相手が変わったんですか？　殿下からヘルミナ姫さまに結婚を申し込んだとおっしゃっていたではありませんか」

「メダード王国の姫君ならば誰でも構わない」

　腹の奥がかっとなって、手が震えた。その手首を、エルドが優しく、だがしっかりとつかんでなだめてくれた。エルドの握力が心地よい。彼がいなかったら怒りに任せて天下の王太子殿下に平手打ちをしていたかもしれない。

「見損ないました。殿下は女性を政治の道具として扱うのですね」

　レナート王子はふと笑って何かを言い掛けた。だが、きっと言わないほうがいいと判断したのだろう。少しあいだを開けてから、特に悲しがっている様子でもなく口先だけで「悲しいな」と言った。

「政治の道具なのは彼女だけでなく私自身でもある」

　それを言われると弱い。

　彼の言うとおりだ。彼のような人でなしにどこまでそういう感情があるのかわからないが、もしも心で結びついた恋人がいたら、話はもっと残酷な悲劇だ。選択肢がないのは、メダード王国の王女のほうだけでなく、ガラム王国の王子である彼もなのだ。

理屈だけで考えなければならないのであれば、一応貴族として生まれたネヴィレッタも、政略結婚の重要性は理解していた。

王侯貴族の婚姻は政治行為だ。家同士の結びつきのためにするものであり、恋愛感情は邪魔だ。世の中には、結婚は社会的契約でしかなく、恋愛をしたいなら愛人を別にもつのが普通、という文化の国もあると聞いたことがある。

ネヴィレッタの実家もそうだった。ネヴィレッタの父親と恋愛結婚をしたネヴィレッタの実母は冷遇されていたそうで、家に定められた結婚で後妻としてやってきた義母は家庭内で女王として振る舞っていた。ネヴィレッタにあまり友達がいないのでサンプル数は少ないが、貴族の家庭ではそういうケースは珍しくないようだ。

高貴な身分の人間にとって、政略結婚は秩序を守るものである。

ましてレナート王子はガラム王国の唯一の王子で次期国王だ。ふさわしい妃に来てもらわないと国民が困る。そこに他国の王族が入ってくれるというのは、社会的な立場で言えば彼の下にいるネヴィレッタたちにとって、ありがたい話なのだ。

しかも、相手は何が何でも和平を維持しなければならないメダード王国である。メダード王国との戦争で痛めつけられてきた記憶は今もまだ生々しい。これをきっかけに戦争の芽が摘まれるならみんな幸せだ――レナート王子とヘルミナ姫以外は。

「興味を持ってさしあげてください」

ネヴィレッタには、この結婚を反対する権利も理由もない。ただ、気持ちの整理がつかない。

「せめて、心穏やかに暮らせるように便宜を図ってさしあげてください」

その二言三言だけで、ネヴィレッタの目からは涙がこぼれ落ちた。

自分たちはなんと幸せなのだろう。ネヴィレッタはエルドを愛していて、エルドもネヴィレッタを好いてくれている。自分たちにはお互いを大切にできているという自覚がある。そういう相手と添い遂げられるというのは、本当はとても貴重なことなのだ。

それに、あまり考えたくなかったが、ネヴィレッタはうすうす気づいていた。

大陸で唯一の存在である聖女に、普通の結婚は許されない。国家を揺るがす存在になりかねない聖女という政治的な人格には、同じく政治的に価値のある人間しか組み合わせられないだろう。そこで最強の魔法使いというのは、実は都合がいい。エルドはガラム王国最高の人型兵器と呼ばれた男だ。それを聖女と結びつけるというのは、大陸じゅうが納得する措置なのだ。

その二人が、たまたま好き合っている。

奇跡だ。

魔法なんか使えなければこんなことを考えずに済んだ。

「姫さまはどんな性格ですか。どんな食べ物がお好きですか。どんなファッションがお好きですか。どんな動物が、どんな植物が、どんな芸術作品がお好きですか。何に触れた時嬉しいとお考えになって、何に触れた時悲しいとお考えになりますか。それを知ってあげていただきたいです」

レナート王子は、また、一人で静かにワインを一口飲んだ。

「ずいぶん感情的だな」

「敵国から嫁いでこられるのですから、絶対に心細いはずです。少しでも、さみしくないように。気遣ってさしあげてください」

エルドと自分の幸せが、自分たちだけのものではないように、と祈る。他の多くの夫婦もまたこういう幸せを感じられるようにと、ネヴィレッタは祈らずにいられないのだ。

3

翌日、朝食のために食堂へ行くと、エルドが一人で席についてぼんやりしていた。

「おはよう、エルド」

話し掛けると、彼は「おはよう」と返してくれた。

寝起きにまず、彼の顔を見る。まだ目が覚め切らない彼に挨拶をして、のんびり朝食の支度をする。

結婚したら毎日こうして暮らすのだ、と思うと、ネヴィレッタは幸せだった。こういう場面が日常になっていくのだというだけで、涙が出そうになる。

そしてやはり、昨日のレナート王子とヘルミナ姫のことを考える。

結婚するからには、きっと王都ローリアの城で一緒に暮らすのだろう。こういう時間は持てるのだろうか。

ネヴィレッタも席についた。食事係の女性が「どうぞ」と微笑(ほほえ)んでホットミルクを置いていってくれた。

また、食堂の扉が開いた。入ってきたのはレナート王子の侍従官だった。いつも一緒にいる、レナート王子より少し年上の男性だ。今回もフラック村での休暇に同行している。

「おはようございます、エルド様、ネヴィレッタ様」

二人も「おはようございます」と返した。意図せず声が重なった。

「先に朝食をお召し上がりください。殿下はまだお休みです」

エルドが顔をしかめる。

「寝坊してるってこと？」

侍従官は無表情で何もかも当たり前のことのように淡々と告げた。

「はい」

「声をお掛けしましたが、一言起こすなとだけおっしゃられてベッドからお出になりませんでした」

「いいご身分だな」

ガラム王国で王に次ぐ第二位の身分である、と思ったがたぶんそういうことではない。

「昨夜お二人が出ていかれてからもしばらくお一人でワインを召し上がっていたので、少し夜が遅かったのです」

「まあ、わたしは構いませんが」

「お疲れが出ているのだと思いますので、そっとしてさしあげていただきますようお願い申し上げます」

「お疲れねえ」

エルドが出されたサラダの葉野菜にフォークを突き立てる。

「こっちの台詞(せりふ)だよ、好き放題引っ掻き回しやがって」

しかし、いないならいないでよかった。彼の言動から出た情報を頭の中でゆっくり整理できるからだ。

「ローリア城では気が張り詰めていらっしゃるご様子ですので。ご本人は認めたがりませんが」

「お城はご自宅なのではありませんか？」

「お父上様の目が届く範囲にいると何もなくても空気がひりつきます。殿下にとってお心が休まるのは休暇や視察で地方に出てお父上様と離れた時だけかと存じます」

そう言われると、ネヴィレッタは言葉が詰まった。家族がいるところでは緊張する、という状況は痛いほどわかる。ネヴィレッタもフラック村に来て初めて深呼吸ができた。レナート王子も同じ状態だと言われると、途端に同情心が湧いてくる。

ネヴィレッタのそんな心情を敏感に読み取ったエルドが、「だからといって何をしてもいいわけじゃないよ」と釘を刺すようなことを言ってきた。ネヴィレッタを叱ったわけではないのだろうが、自分もレナート王子も同じ立場である気がしてくると、エルドの言葉もネヴィレッタのことを言っているように感じて緊張してしまう。胸の奥におもりがずっしりと入った気分だ。

「それで、この村で休ませてやったら、みたいなことは言わないでほしい。僕は心底迷惑してる」

そして、大きな、わざとらしい溜息をつく。

「何がおままごとだ。僕は僕なりに真剣にネヴィレッタとお付き合いしてるつもりなんだけど」

彼のその一言で、急に元気が出てきた。どうやら昨日レナート王子にからかわれたことを根に持っているらしい。そんなエルドが可愛く、いとおしく思えてくる。

それこそ、レナート王子に何と思われてもネヴィレッタはどうでもよかった。

本音を言えば、レナート王子の言うとおり、二人の生活は幼くつたないものだと思う。一人でいた時に読んでいた小説の内容を思い出して比べてみると、いろんなことが足りない。だが、ネヴィレッタは今が心地よいのでいいのだ。

きっと、自分たちには、小さな日常の積み重ねが必要なのだ。

「なに笑ってるの」

「エルド、だいすきよ」

「どうして今そんな言葉が出てくるんだよ」

「レナート殿下もおままごとをしてほしいわね」

「はあ?」

ネヴィレッタもサラダに添えられたゆで卵にフォークを刺した。

「さほどお休みになるつもりではないかと存じますが」

侍従官は直立不動のままエルドとネヴィレッタの食卓を見下ろしていた。

「休暇明けにはフナル山に向かわれるご予定となっております。したがって来週から少しずつご政務をとられて準備をなさるはずです」

それを聞いて、エルドとネヴィレッタはちょっと手を止めて瞬いた。

フナル山とはまたなつかしい地名だ。メダード王国と戦争した時に奪い合った山で、以前は鉄鉱石がとれる鉱山だった。

そこに、エルドが国境線を引いた。

山中に埋まっていた鉄を魔法で掘り起こし、加工して、巨大な壁を築き上げたのだ。

壁は今も二国間を隔てている。

ただ、エルドが一ヵ所だけ馬一頭なら通れる程度の扉を作ったので、今はそこを国が関所として使用しているらしい。監視の目は厳しいが、戦前に比べれば安全に出入りできると聞いた。

「フナル山、何かあったんですか？」

ネヴィレッタが訊ねると、侍従官はこう答えた。

「ヘルミナ姫様をお迎えにまいります。婚約式のためにローリアにお越しになるので、フナル山の関所で対面なさいます」

「へえ」

「そこにエルド様とネヴィレッタ様もおいでいただくことになっているはずですが」

エルドが「えっ」と呟いた。ネヴィレッタも驚いて目を真ん丸にした。

「なんで？」

「今の関所の状態ですと、馬車が通れません。扉を拡張していただく必要があります」

「聞いてないよ」

「殿下はおっしゃっておりませんでしたか。それでは今お聞きいただいたということで」

「断りたい」

「難しいですか」

「魔法の話ならたいしたことじゃないけど、気分的に」

侍従官がエルドから視線を離してネヴィレッタのほうを見た。目が合って体が強張(こわば)った。

「ネヴィレッタ様、ご説得なさってください」

そうきたか、とうつむいた。レナート王子をはじめとする中央の人間は、ネヴィレッタの話ならエルドも聞くと思っている節がある。

「本人は嫌だと言っているではありませんか」

少し強く出てみたが、これだけでも結構な気力を使う。ネヴィレッタは本来誰かに抵抗するということができない人間なのである。しかしエルドを不本意な労働に従事させるのも嫌なので、なんとか自分を奮い立たせた。

侍従官は折れなかった。さすがレナート王子の世話係だ。

「ヘルミナ姫様をお迎えするのです。王女殿下を歩かせたり馬に乗せたりするわけにはまいりません。ガラム王国の名誉がかかっています」

ネヴィレッタは頰の内側を軽く嚙んだ。

それは、そのとおりだ。深窓の姫君を馬にまたがらせるわけにはいかない。徒歩は論外だ。

ヘルミナ姫にはガラム王国の民に歓迎されていないと思われたくない。

侍従官はさらに後押しした。

「聖女と最強が歓迎しているとなれば両国の皆が喜ぶかと存じます」

エルドが「はいはいそういうこと」と声を荒らげる。

「またそういう政治的パフォーマンスに僕らを使おうとして。そんなのに付き合っていられるか。ねえネヴィレッタ」

ネヴィレッタはがっくりと深くうなだれた。

ヘルミナ姫は、ガラム王国の超上流にいる聖女や最強の魔法使いに歓迎されていると思ったら、安心するかもしれない。

「……行きましょう、エルド……」

エルドがこれでもかというくらいに大きな溜息をついた。

「やってられないな。僕はもう魔法騎士団を辞めて一般人になったのに、政治の場に引きずり出されてタダ働きとは。壁に穴を開けてもおいしいものが食べられるわけじゃない」

そういえば、フラック村でのエルドは労働の対価として村人に食品を分けてもらっている。受ける仕事を報酬の食品で選別していたらしい。

彼のその言葉に、侍従官は即座に反応した。

「レナート殿下からの褒美があるはずです。金品を賜っておいしいものをお買い求めください」

「なるほど」

エルドが目を光らせる。

「それなら考えてやってもいいな」

「えっ、いいの？」

「たまには他人が作ったものを食べるのもいいな、と思って。僕は自分で作った料理が好きだけど、時々変わったものが食べたくなるんだよね」

振り返ってみると、前回の戦争の後もエルドは行く先々で郷土料理を食べていた。料理のレパートリーがだいぶ増えたと言っていた。しかし食材や調味料はその土地にしかないものも多く、自宅では完全に再現できないものもあるとのことだ。

「どこかに何かを食べに行くの？　旅行になるのかしら」

ネヴィレッタがそう訊ねたところ、出不精のエルドは「そうか、そういうことになるのか」と考え込んだ。

旅行か。

ネヴィレッタもあまり出歩くタイプではない。けれど、だからこそ、たまにはエルドと知らない土地を歩いてみるのもいい。世の中には知らないことがたくさんある。未知のものを見に行く喜びを味わってみたい。

エルドと一緒なら安心だ。エルドと二人で新しいものを見て、思い出を共有して、人生をいろんな経験で満たしたい。

「ねえ、どこか行きましょうよ。おいしいもの、食べに行きましょう」

少し強く訴えると、エルドが「君がそう言うの珍しいね」と言って顔を上げた。

「じゃ、一緒にどこか行こうか。一年に一回くらいはね」

「やった、嬉しい」

そこで、彼は侍従官のほうを見た。

「お金、前払いできます？　フナル山に働きに行く前にどこか行きます」

急な話でネヴィレッタは驚いた。

「一週間以内に出て帰ってくるということ？」

「じゃないと、奴の休暇が終わるまでずっとここで三人顔を突き合わせて生活することになるからね」

そこまでレナート王子が嫌なのか、と思うとちょっと複雑な心境ではあったが、この二人の場合は子供の兄弟喧嘩(げんか)みたいなものだ。ネヴィレッタは「はいはい」と言いながらパンをちぎった。

「では、二、三日中に出掛けましょう。エルドの気が変わらないうちに」

第2章　ローリアへのおでかけ

1

ネヴィレッタとエルドは王都ローリアに出掛けることを決めた。ゆったりとした旅程を組んで、一泊二日の予定である。幸いなことに今はまだ冬で本格的な農作業をするには早い。念のため近隣の住民に畑の見回りを頼んだが、そこまで心配しなくてもよさそうだ。

三日後、早朝に白菜の収穫をして、とれた白菜をカットして領主館に勤める人々に配ってから出発した。

ネヴィレッタは有名人だ。似顔絵がばらまかれているわけでもないが、オレーク侯爵家長女、ということは国じゅうに知れ渡っている。つまりみんなネヴィレッタが夕焼け色の髪に朝焼け色の瞳をしているのを知っているということだ。オレーク一族の夕焼け色の髪はかなり特徴的なので、見られたら見抜かれてしまう危険性がある。人の多い王都で気づかれて騒がれたらまずい。

ここで、ネヴィレッタが腰まで届くほど髪を伸ばしていることが吉と出た。

エルドが、ネヴィレッタの髪を後頭部でまとめて、上から分厚いスカーフをかぶせた。

「前髪ぐらいだったら普通の金髪に見えなくもないかな」

鏡を見ながらそう言われると、そんな気がしてくる。

あとは、どうか誰にも何も気づかれませんように、聖女だと言われてエルドとの旅行が邪魔されませんように、と祈るばかりだ。

一方、エルドの容貌を知っている人間はごく限られている。地属性の魔法使いであることが知られなければ、どうにでもなるだろう。街に出掛けるのと同じ恰好(かっこう)でいても、さほど問題はないと思われる。

二人で街まで歩いて、街の停留所から乗合馬車に乗る。

初めての乗合馬車、初めての幌(ほろ)馬車だ。

朝は意気込んで緊張していたのに、御者の肩越しに見える景色を見ていると、爽やかな気持ちになった。馬のひづめの音も心なしか朗らかに聞こえた。こんなに晴れやかな気分で長距離移動するのは初めてだ。

思い返せば、最初にフラック村に来た時の気分は最悪だった。家のために、魂喰らいと呼ばれる恐ろしい魔法使いに会わねばならない、と思って、呼吸が苦しくなるほど硬くなっていたものだ。あの時も馬車に乗っていたが、あの馬車にはオレーク侯爵家の紋章がついていた。天鵞絨(ビロード)の座席は妙に肌触りが悪かったのをおぼえている。そんなことはないはずなのに、今の幌馬車の木箱のような座席のほうがまだ座り心地がいい気がしてしまう。

屋敷からフラック村までは、朝に出て昼頃につくほどの道のりだったと記憶している。今回は乗合馬車で、当然途中で他の客が乗り降りするので、倍近い時間がかかる見込みだ。それでも、エルドと並んで座ってぼんやり景色が流れていくのを見つめる時間は、有意義に感じられた。いろんなことが新鮮に感じられて、すでに十分楽しい。

結局、ローリアについたのは、夕方だった。

空がネヴィレッタの髪と同じ色に染まった頃、乗合馬車はローリアの中央停車場に到着した。ここで乗客全員が降ろされ、馬車は車庫に帰っていく。

中央停車場は人でごった返していた。もう日が暮れてきたというのに、人間の数が多い。それもそのはず、中央停車場はローリア近郊から外国までいろんなところの馬車道とつながっているのだそうだ。どうやらローリア行きの乗合馬車はほぼ全路線がここに止まるらしい。

すぐ近くに大聖堂の尖塔(せんとう)が見えた。夕闇で薄暗い空の下で、点々と明かりが灯(とも)り始める。行き交う人々は髪の色も瞳の色も多種多様だ。着ている服も、過去に見たことのない民族衣装の人もいて、みんなてんでばらばらだった。それでも、立ち止まる人はいない。すれ違う人には声を掛けない、都会の景色だった。

ローリアの中心部がこんな風景であることを、ネヴィレッタは知らなかった。生まれ故郷であるはずなのに、別世界に来た気分だ。

実家にいた時に屋敷から出た記憶はほぼない。物心がつく前の小さい頃にはここまで来たこともあったかもしれないが、両親は日が暮れても幼子を連れ回すタイプではない。夕暮れのローリアの景色を見るのは、きっとこれが初めてなのだろう。

「おえ」

隣に立っていたエルドがうめくような声を出したので、彼の顔を見上げた。心なしか蒼白(あおじろ)い気がする。

「人多すぎ。疲れ果てた」

「早くない？」

「馬車も狭いところに八人もいてきついな、と思ってた。僕はね、本当にね、知らない人間が近くにいるのがだめなんだよ」

「田舎にしか住めないわねえ」

そうは言ってもネヴィレッタも雑踏が得意なわけではない。街の夕暮れは美しいが、長居したいところではなかった。

「お腹(なか)すいたなあ」

「何か食べに行く？」

「その前にどこかに荷物をおろそう。今夜の宿も取らなきゃ。予約してないんだよね……今から取れるかなあ」

エルドの言葉を聞いて初めて、宿泊のためには予約するという行動が必要であることを知った。今まで泊まりがけの移動といったら魔法騎士団やレナート王子が関わる公的なものばかりだったので、ネヴィレッタが気づかぬうちに誰かが手配してくれていたのだろう。

「泊まれるかしら」

蒼ざめたネヴィレッタに対して、エルドが「大丈夫でしょ」と答える。

「あまり高級な宿じゃなければ、素泊まりでいけるはず。魔法騎士団にまだ地属性の部隊があった頃の話だけど、同僚がよく突然宿舎を抜け出してたんだよね。それでも特に問題なく近くで寝泊まりしてたみたいだから」

エルドがネヴィレッタの手を握って軽く引っ張った。ネヴィレッタは苦笑して彼の後に続いた。

「はぐれないようにね」

「はい」

楽しい思い出がどんどん増えていきますようにと、祈る。

2

飲食店街より一本裏道に入ったところに、旅人向けの宿屋街がある。表通りに近いほうは明るく清潔そうで、奥のほうは少々薄暗くて近寄りがたい感じがした。

一軒目と二軒目は満室とのことで断られてしまったが、三軒目で泊めてもらえることになった。六室しかない小さな宿で、ちょっとした食堂がついている。ぎりぎりでの申し込みのため夕食は用意できないと言われたが、少し歩けば大聖堂前の広場に屋台があって、今ならそこで飲み食いもできるので問題はない。

受付カウンターにいるあだっぽい女将(おかみ)が、帳面に宿泊客の情報を書きつけている。

「ちょうどよかったねえ、四部屋ご希望の団体客のキャンセルが入ったところなんだよ。こっちとしてもありがたいよ」

「ありがとうございます」

ネヴィレッタは荷物を抱えてエルドと女将のやり取りを見つめていた。こういう時には世間知らずで一応貴族令嬢のネヴィレッタは役に立たない。今回はエルドに全面的に任せて、自分は黙って見ている。いつか自分がこういうことをする番が回ってきた時のために観察して勉強だ。

「男性客一名、女性客一名」

そこで、ネヴィレッタは顔が真っ赤になるのを感じた。

「二名様一室だね」

二人でひとつの部屋に泊まるのか。

荷物を強く抱き締める。

二人きりで旅行をするということは、そういうこともあるのだ。

レナート王子の言葉を思い出した。

いよいよおままごとを脱出か。

嫌ではなかった。ネヴィレッタは他人に距離を詰められることを嫌うエルドにとって唯一近くにいることを許された存在だ。その距離がさらに縮まる、それもひとつのベッドで眠るほどに、と思うと、自分が特別になったことをさらに強く感じられて嬉しい。

農機具を握る大きくて皮膚の厚い手が、白く薄い肌に触れる。

肝心のエルドはそういう瞬間を想像したネヴィレッタの思いに気づいていないらしく、次の対応はこれだった。

「ちょっと待ってください」

彼は冷静で落ち着いている。

「今四部屋空いてると言いましたよね。二部屋取らせてください」

「なんでだい？　ご夫婦じゃないの」

「まだ婚約中なんで、そこはこだわっておきたいんですよ」

いらぬ妄想を繰り広げてしまったのを反省する。がっかりしてしまった自分が恥ずかしい。

「お客さん、律儀なお人だねえ」

女将が笑いを噛み潰しながら帳面に線を引いて情報を書き直した。それからカウンターの後ろのほうを向き、壁に取り付けられた金具に引っ掛かっている鍵を二本取った。カウンターに置く。エルドが一度二本ともつかんでから、うち一本をネヴィレッタに渡した。

「両方三階だよ」

一階は食堂で、二階と三階が宿泊室らしい。女将の説明を受けてから、二人は階段を上がった。

宿泊室は今まで寝泊まりしたことのある部屋の中では一番というくらいの狭さだった。ベッドふたつと机ひとつでぱんぱんだ。けれど、これもまた旅の醍醐味（だいごみ）かもしれない。どうせ食事は外で取る。眠る直前まで食堂かロビーでエルドとだらだらするはずだ。部屋にはベッドさえあれば十分だろう。荷物をおろして、貴重品だけ小さなバッグに入れ替え、すぐに部屋を出た。

階段をおりると、エルドは一階の食堂の椅子に座ってのんびり新聞を読んでいた。ネヴィレッタがおりてきたのに気づいて、新聞をラックに戻して立ち上がる。

「お待たせ」

「じゃ、行こうか。お腹すいたよ」

彼は体を半分玄関のほうに向けた状態で左手を伸ばしてきた。ネヴィレッタは最初何だろうと思ってきょとんとしてしまったが、「手」と言われたので、おそるおそる右手を出した。

エルドの手が、ネヴィレッタの手を、つかんだ。

「人が多いから、はぐれないように」

ネヴィレッタは気持ちを舞い上がらせた。


大聖堂前の広場は人でごった返していた。気温は下がっているはずだが、人の熱気で妙に暖かく感じる。

ぶつからないように歩くのが大変で、ネヴィレッタはエルドにぴったりくっついていた。エルドの左側に半ば隠れるような形で、決して手を離すことなく、慎重に足を動かす。エルドはすいすいと流れに乗って歩いているが、そばにいるネヴィレッタを忘れることはない。時々振り向いてはついてきていることを確認し、ネヴィレッタの手を引っ張る力を強めたり弱めたりして、距離を一定に保っていた。

建物から建物の間にロープが張られていて、そのロープから明かりが吊り下げられている。ひとつひとつの明かりはさほど大きくはないが、無数に並んでいるので足元がはっきり見えるほど明るい。濃い色の塗料を塗られたロープが暗い夜空に溶け込んで、時々明かりだけが宙に浮いているように見えた。

屋台はすべて木組みの小屋で、屋根の色はみんな赤で統一されていた。しかし売られている商品は多種多様で、焼き菓子やパン、絵葉書やぬいぐるみ、靴や服なども売られている。

いい匂いがする。肉が焼ける香ばしい匂いだ。

エルドが屋台のうちのひとつに歩み寄っていった。たどりついた屋台からは香辛料の独特な匂いがした。店主の男性がルビー色の液体を大鍋でぐつぐつと煮込んでいる。店の周りはひときわ熱気が強い。

一度ネヴィレッタの手を離した。

「すみません、カップふたつください」

エルドがそう注文すると、鍋を掻き回していた店主が「あいよ」と答えた。

おたまで鍋からすくわれたのは、ホットワインだった。店主は慣れた手つきで木製のマグカップにそれを注いだ。湯気が立つ。

「お待ち」

カップがふたつカウンターの上に置かれた。そして、店主が片手を差し出した。エルドがそこに小銭を置いた。カップふたつを手に取る。

「はい」

カップを手渡されたので、両手で受け取った。

温かい。エルドの手を握っていたのとは反対の手、左手が冷え切っていたので、滞っていた指先の血流が戻ってくるのをじんわりと感じる。

店先から少しずれながら、カップに口をつけた。

ワインの甘酸っぱい味と香辛料のかぐわしい香りが体の中を満たす。喉を通って落ちた胃から温まっていく。

飲んでいる途中でまたエルドに右手をつかまれた。強い力で引っ張られる。

「何食べようか？　とりあえずじゃがいも揚げたやつでいい？」

ネヴィレッタは苦笑して「任せるわ」と答えた。とりあえず、という台詞からその後も延々と何かを注文し続けることが窺えた。エルドの食欲の強さには驚かされるばかりだ。

迷うことなく次の店を見つける。食用油のそそられる香りに翻弄される。

エルドは何もためらうことなくこう注文した。

「ポテトとチキン、三人前ください」

「三人前？」

「僕は一人前じゃ足りないから」

彼の返答にネヴィレッタはちょっと笑った。

ややあって、エルドが揚げたてのチキンとポテトが盛られた箱を「はい」と言って差し出してきた。ネヴィレッタは片手にまだホットワインが入ったカップを持っていたので、もう片方の手で受け取った。

油のいい匂いがする。口の中がじっとりと潤う。

「ちょっとそのへんに座ろうか」

エルドの視線の先には、噴水があった。噴水の池の周りが赤い煉瓦（れんが）で囲われていて、そこに腰掛けることができる。エルドとネヴィレッタ以外にも何組かカップルがいて、みんな楽しそうに思い思いの料理を頬張っていた。

隙間を見つけて、二人も腰をおろした。

背後からは水が噴き上げる音、左右からは恋人たちのささやき、前からは酔った人々の笑い声が聞こえる。

エルドが肉に食らいつく。

ネヴィレッタも、ホットワインのカップを置き、チキンを手に取った。香ばしい匂いが胃を動かす。

ぱくりと口に含んだ。

あまりにも平和で、幸福で、なんだか泣きそうになってしまった。

3

エルドはその後、挽き肉のかたまりと葉野菜をパンで挟んだものを食べ、ソーセージを食べ、焼き菓子を食べた。ネヴィレッタも挽き肉の薄皮パン包みくらいまでは一緒に食べていたが、そのうちエルドのあまりの食べっぷりに戦々恐々としてきた。

とうもろこしのスープを飲んだあたりで、ようやく腹がくちくなってきたらしい。エルドの足取りが飲食物のコーナーを離れ始める。その隣を、ネヴィレッタがしずしずと歩く。

二人がたどりついたのは、手工芸品のコーナーだった。刺繡された布製品や寄木細工の小物入れなどがずらりと並んでいる。これらは日中に青空の下で見たほうが吟味しやすそうだが、せっかくだから見ていきたいと思った。

順繰りに眺めながらゆっくり動いていたところ、ある店の前でエルドの足が止まった。

銀細工の店だった。銀製のペンダントトップや髪飾りなど、アクセサリーが黒い敷布の上に所狭しと並べられている。ランプの火を弾いて、ゆらゆらと妖しく輝いている。独特の空気感に呑まれそうになる。

エルドはしばらく黙って一点を見つめていた。

視線の先をたどると、そこには指輪が並んでいた。幅が太くて髑髏が刻まれているものから、三日月や星があしらわれた華奢なものまで、いろんな客の好みに合わせられそうだった。

彼はそのうちひとつを手に取った。

小さなオレンジ色の石が埋め込まれており、その周りを複数の銀の花が取り囲んでいる、可愛らしくて綺麗な指輪だった。

不意にエルドに左手をつかまれた。

彼は無言でその指輪をネヴィレッタの薬指にはめた。

あまりにも突然で雰囲気のない行為だったので、ネヴィレッタはぎょっとした。

「サイズが合わないな」

彼はそう言って指輪をはずした。確かに大きくて緩かったが、他に言うことはないのだろうか。心臓が胸の中で踊っているのではないかというほど速く脈打っている。

「な、何か言ってよ」

ネヴィレッタを無視して、エルドは店番をしている無精ひげに帽子の男性に声を掛けた。

「すみません、これ、サイズ調整できます？」

「できるよ」

椅子に座っていた男性が立ち上がり、「どれどれ」と言いながら手を伸ばしてくる。

エルドがその手に指輪をのせる。

「カノジョにプレゼントするの？」

「そうです」

「じゃあカノジョ、手を出して」

おそるおそる左手を出したら、その男性に指先をつかまれた。複数の銀色の輪がひとつにくくられているサイズ見本をどこからともなく取り出し、ネヴィレッタの指にひとつずつはめようと試みる。そのうちぴったり合うものを見つけて、「これでいいね」と呟いた。

彼は椅子に座ると、まずペンチで指輪を切断した。思い切った行動にネヴィレッタは蒼ざめた。だが、次の時、指輪を両手でつまみ直した彼の指先が赤く光った。火属性の魔法だ。どうやら魔法の熱で銀を軟らかくして加工するらしい。そのうち、切断された指輪の端が手で引っ張って伸ばせるようになった。円錐（えんすい）形の型とやすりを使って、形を整える。

「今すぐつけてく？」

エルドが「それはさすがに」と答えた。

「こんな人混みの中で無計画に指輪を渡す奴なんかいないでしょ。持って帰っていい感じの雰囲気の時に改めて渡すんですよ」

ネヴィレッタは胸を撫で下ろした。ということは、今度改めて指輪をはめるイベントが起こるのだろう。その時にサイズが合わないのを渡されてまたこの店に直しにくることを考えたら、今日の今でよかった――そう思うことにした。

結婚指輪など永遠に縁のないものだと思っていたが、そのうちいい感じの雰囲気の時に貰えるらしい。

胸がいっぱいになった。自然と笑顔になるのを感じた。

不器用な自分たちだが、なんとか前進している。ただのおままごとではないのだ。

「違いない」

無精ひげの職人はそう言って小さな化粧箱に指輪を入れてくれた。

エルドが紙幣を差し出す。これでネヴィレッタにもこの指輪がいくらなのかわかってしまったわけだが、気づかなかったことにすべきか。

小箱を受け取るのと入れ違いくらいのタイミングで、エルドが話題を変えた。

「ところで、お兄さん、火属性の魔法使いなんですか？」

職人が「ああ」と頷く。

「魔法を使って作業をしてるんですか？」

「そう。もうこの道二十年以上だ」

「魔法騎士にはならなかったんですか？」

話の流れが魔法騎士団に向かったのを感じて、急に背筋が寒くなる。どうしてこの楽しい場で空気を壊すようなことを言うのかと、信じられない気持ちでエルドをまじまじと眺める。エルドは平気そうな顔をしている。

「なれなかったね。なりたかったんだけど魔法が弱すぎてな。国王陛下やオレーク一族のように派手な火柱を立てられる魔法じゃないんだ。入団試験に落ちちまったよ」

「魔法騎士の知り合いがいたりします？　ちょっと魔法騎士団がらみのことで知りたいことがあるんですけど、話を聞けるような知り合いいませんかね」

「いないが、俺自身が今でもまだ魔法騎士団の追っかけをしてるから、一般市民のわりにはちょっと詳しいと思うぜ」

何を聞く気なのだろうと、緊張しながら見守る。

予想外の言葉が出てきた。

「魔法騎士団の団長がいつの間にかハリノ様から息子のマルス様になってるみたいなんだけど、それっていつからだか知ってます？」

足が震えた。

知らなかった。

「エルドはどうしてそれを――」

ネヴィレッタが小さな声でそう訊ねると、エルドはあっさり「さっき」と答えた。

「宿の食堂に置いてあった新聞に、マルス団長が何某子爵と何某男爵と何某男爵の四人で会談をした、と出てた。要約すると、火属性の魔法使いに早まったことをしないように呼び掛けている、みたいな感じかな」

「早まったことって……？」

職人の男性が「オレーク一族には困っちまったね」と言う。

「ハリノ様はなあ、権威主義的っていうのかな、昔から頭が固い人だって言われてたけど」

彼はこちらが関係者でハリノと面識があることに気づいていないのだろう。ネヴィレッタからしたら父親で、つい半年前まで一緒に暮らしていた相手だ。しかし、ろくな会話ができたためしがないので、どんな人だったかと問われたら何も答えられない。市井の人のほうが意外と的を射た意見が聞けるかもしれない。

「オレーク侯爵家の偉大な魔法を過信してたんだろうな。マルスとヴィオレッタの間にもう一人娘がいて、その子が火属性の魔法を受け継いでいなかったらしい。それで、それをすごく恥ずかしいことだと思っていたそうでな。彼女を冷遇した件をレナート王子に糾弾されて、王都にいられなくなって自分の領地に逃げ込んだという話だ。戦場で情けない姿をさらして仲間たちに嫌われたヴィオレッタもついていったそうだぜ。もう二ヵ月か三ヵ月くらい前に出ていっているはずだ」

意識して深呼吸する。そうでないと膝から地面に崩れ落ちそうだ。

そんなネヴィレッタに気づいたエルドが、腰に腕を回して、体を支えてくれた。

「俺も失望しちゃったな。俺も魔法が地味すぎて使い道がなかったせいで魔法騎士団に入れなかった身だから、お貴族様でもそういうしょうもないいじめをするんだ、と思ったらとてもとても」

「で、息子のマルスが継いだんですね」

「継いだというか穴埋めだ。他にいなかったから自動昇格だな。オレーク一族以上に魔法が上手な火属性の魔法使いがいないっていう、ただただそれだけの話なのよ。誰からの推薦があったわけじゃない」

「ふうん……」

職人の男が饒舌(じょうぜつ)に続ける。

「天下のガラム王国魔法騎士団がだらしない。めっきが剝がれてきた。俺は心底がっかりしたね」

「そっか……魔法騎士団の権威が揺らいでるんだ」

「魔法騎士団が支持母体のレナート王子も可哀想だ」

ずきりと胸が痛む。もう縁を切ったはずなのに、実家のせいでレナート王子が困っているというのがきつい。

「レナート王子についても、ローリアでは何か噂にのぼったりするんですか？　僕ら、地方に住んでるから中央の話題に疎くて」

「地方が平和ならそれはそれでいいんじゃない？　そういえば、レナート王子が魔法使い狩りを差し止める条例を発布して魔法使いの子供を守ってる地域があるんだとか。魔力の強い子供をさらってきた時代もあったことを思うと、俺はこれはなかなか見所のある王子だと思うね」

そこまで言うと、彼はカウンターの下から小さな箱を取り出した。箱の中から出てきたのは紙巻煙草だ。

「王子を嫌ってる人間はそう多くないが、メダード王国に対して弱腰じゃないか、という批判はある。強い魔法騎士団、強いガラム王国、を思うと、やっぱりまだまだ国王陛下に現役でいてもらうほうがいいのかな、って思ってる奴もいるんだ。だが俺は弱小でも一応魔法使いだから、魔法使いを兵器としてこき使う国王陛下は好きになれない」

魔法で煙草に火をつけ、煙を吸って吐いた。

「今が時代の変わり目だな。レナート王子はいつ決断するか、バジム王はどこまで粘るか。そして、俺たち庶民はそれを黙って見ているしかない」

4

翌日、ネヴィレッタとエルドはオレーク侯爵邸に向かった。

昨夜の銀細工職人の男性の言葉が、胸に刺さって離れなかったからだ。

実家が今どうなっているのか知りたい。マルスが何を考えてどうしているのか聞きたい。

今なら大丈夫だ、と自分に言い聞かせた。なにせ、ネヴィレッタを露骨に冷たく扱った人々はもういないのだ。そして兄は家族で唯一ネヴィレッタに手を上げたことがない人間だ。しかも今はエルドが隣にいる。ネヴィレッタはエルドとマルスが対等に会話をしているところを見ていた。

エルドは、実家に行かなくていい、今日も適当に王都をぶらぶらして過ごそう、と言ってくれた。だが、ネヴィレッタは頷かなかった。事実を知ることこそが真の意味で自分を強くしてくれるように思ったのだ。

聖女として目覚めた時、ネヴィレッタは、あの人たちを訴えてやる、と誓った。

それを今後どうする気か、考えていかないとならない。

父はまだ魔法騎士団の団長だった頃、毎週この曜日に休んでいた。兄も父がかつてしていた仕事をしているのなら、今日は自宅にいるはずだ。

オレーク侯爵邸の正面、正門の前に立って建物を見上げる。王都の高級住宅街に溶け込む瀟洒(しょうしゃ)な屋敷は、ネヴィレッタの記憶にあるものと何も変わっていなかった。

手の平に汗をかく。

「大丈夫だよ」

エルドが隣で言った。

「今からでも引き返せるよ」

「いいえ、だめなの」

「頑固だね」

彼が苦笑する。

「もう二度と帰らないって言ってたのに」

「帰ってきたんじゃないわ。来たのよ」

しかし、どうも、門を開ける勇気が出ない。

屋敷には、ネヴィレッタを直系の娘なのに魔法が使えないと嘲っていた魔法使いの使用人たちもいるはずだ。彼ら彼女らは今のネヴィレッタを見てどんな反応をするだろう。

役立たずが帰ってきたと眉をひそめるのか、当家が輩出した聖女が来たと言って媚を売るのか。

ためらっているうちに、屋敷の勝手口のほうから人が出てきた。猫背の老女だった。

髪は真っ白で、お仕着せから出ている手首が細い。七十歳は超えているだろう。見覚えのない顔だった。どうしてこんな年齢の使用人がいるのか。オレーク侯爵家には定年制度があって、魔力が枯渇したお年寄りは半ば追放するような形で退職させていたものだ。

彼女は、ネヴィレッタとエルドの顔を見ると、「あら」と言って歩み寄ってきた。

「やだ、お客様かしら。気づかなくてごめんなさいね」

どうやら二人が玄関前にいるのを見て出てきたわけではないらしい。

ネヴィレッタは背中に汗が流れるほど緊張した。

けれど、老女は優しく微笑んでいた。

「嬉しいですね。ご当主様が出ていきなさってからこの屋敷にお客様がいらしたことはありませんので」

もしかしたら、ネヴィレッタもこの家の娘であったことに気づいていないのかもしれない。

エルドが口を開いた。

「僕ら、魔法騎士団の関係者で、マルス様にお会いしたくて来たんですけど」

嘘(うそ)ではないが、肝心なことはぼかした。

「ご在宅でしょうか」

「いえ、お仕事でご不在ですよ」

体から力が抜けた。頭では会いたいと思っていたが、心は拒否していたのかもしれなかった。残念なような、安心なような、相反するふたつの感情がごちゃ混ぜになって吐息となる。

「若様は旦那様が仕事をお辞めになってから一日たりともお休みを取られていないのですよ。わたしは何度も一回しっかりお休みくださいと申し上げているんですけどね、このばばの話なんぞ聞いてくださいません」

「あの」

ネヴィレッタの喉から、落ち着いた声が出てきた。

「このおうちでは、ご年配の方は雇われていないと思うんですけど……失礼ですが、あなたはかなりお年を召されているようですね」

老女が「よくご存じですね」と微笑む。

「わたしはお手伝いに戻ってきた再雇用の人間なんです。かれこれ二十年ぶりのご奉仕なんですよ。若様が学校に上がる前に一度出ていったものですから、新しい奥様も二人のお嬢様もお顔を拝見したことはなく」

道理で面識がないわけだ。

「どうして戻っていらしたんですか？」

「実は、若様が一回使用人をみんな一斉に解雇してしまわれたんです」

予想外の展開に面食らった。

「それで、若様一人でどうやってお過ごしになるのかと心配で。最終的にわたしのほかにも何人かは残ったのですが、それはまあさみしいものですよ」

「どうして解雇したんですか？」

「いつだったか、お世話される方々が三人も一度にいなくなって、もう人手はいらないと思ったとおっしゃっていましたね。まさかお屋敷を引き払って魔法騎士団の宿舎に移られるのではないかと心配しましたけれど、そこまでなさるおつもりはないみたいです」

「そんなことでみんなクビにしてしまったのかしら」

フラック村で暮らし始めてから、ネヴィレッタは生計というものを意識するようになった。村の若い男性が妻子を村に残して街に出稼ぎに行くのを目の当たりにしてきたからだ。仕事がなくなるということはどんなに恐ろしいことか。

そう思ったが、老女は相変わらず微笑んでいる。

「いいんですよ、たんまり退職金を払われたそうですから。それに、使用人たちのほとんどはオレーク侯爵にお仕えしていることを鼻にかけていたから、向こうから若くて不器用なマルス様を見限ったとも聞きます」

「なるほど……」

「あとねえ」

彼女は楽しそうに、どこか得意げに続けた。

「これは若様ご本人から聞いたことではなくて、若様に解雇を言い渡されても残って働いている人たちから聞いたことなんですが。若様はね、妹君を冷たくあしらった人々を屋敷から一掃したかったのかもしれない、と噂されることがございます」

「妹君を？　ヴィオレッタ――さん、ですか？」

「いいえ、この家には若様とヴィオレッタお嬢様の間にネヴィレッタお嬢様という方がいて、このお嬢様がたいそう不憫（ふびん）な暮らしをなさっていたとかで」

鼓動が、速まる。

「若様は何につけても、俺がしっかりしていれば、とおっしゃいます。何についてそう思われるのか詳しく語られることはないんですけれどね、残った人間は、きっとネヴィレッタお嬢様を大切にできなかったことを気に病んでおいでなんだ、と解釈しております」

ネヴィレッタは、何も言えなくなった。

「おっと、すみません。べらべらしゃべりすぎてしまいましたね。おうちのことを外の方に話してしまうなんて、奉公人失格だわ」

「いえ、ありがとうございます」

そこから先はエルドが対応した。

「オレーク侯爵が出ていったことは聞いていたので、残されたマルス様がどんな生活をしているのか知りたかったんです。なので、今お話を聞けて満足です」

「あら、そう？」

「それじゃ、マルス様は今お一人でこの屋敷に住まわれているということなんですね。あ、雇用されている方々が何人かいるから一人というのは正確じゃないのか」

「お一人のようなものですよ。使用人は被雇用者であって家族ではありませんから」

老女がふとさみしげな目を見せる。

「お二人とも、お友達なら、若様にご結婚なさったらっておっしゃってくださいませんか。このままではオレーク一族の本家の血が絶えてしまいます」

そういえば、兄に縁談が上がった記憶はない。ネヴィレッタが聞いていないだけかと思ったが、そうではないということか。

「誰かお相手がいるんですかね？　そういう奴には思えないけど」

「まさか。若様は不器用な方ですから、どなたかいたらこのばばにはわかりますよ」

老女が首を横に振る。

「以前このばばがそう申し上げましたら、妹を大事にできなかった俺に家庭を持つ資格はないってね。そう言って一人でお酒を飲んでいたのをはっきりとおぼえています」

そこまで言うと、彼女は「さて」と話を変えた。

「いけませんね、お客様が嬉しくて、つい。わたしは孫の世話がありますからここで失礼しますよ」

「ああ、はい。ありがとうございました」

「ちなみに、お客様は何というお名前でしたかね。あとで若様にお客様がいらしたことをお伝えします」

「名乗るほどの者じゃないです。下っ端も下っ端で、直接会話したことがあるわけじゃないんで。ただ最近王都がきな臭くて、火属性の魔法使いに片っ端から声を掛けておいでだと聞いたから、何かお役に立てることもあるんじゃないかと思ったんですよ」

エルドの嘘八百には驚いたが、同時に救われた。この老女相手に名乗ったら大変なことになる気がしたのだ。

「さようですか。では明日若様と顔を合わせたらそのように伝えます」

「はい、よろしく頼みます」

「ではね。話を聞いてくださってありがとうございました」

老女が何度も頭を下げながら屋敷から離れていく。

彼女の姿が見えなくなった頃、ネヴィレッタはようやく深く息を吐いた。

「お兄さま、結婚しないのね」

この世で唯一の母を同じくする妹に、彼は何を思っていたのか。

ずきりと胸が痛む。

ところが、エルドははっきりこう言った。

「ひとのせいにするなって言え」

「え？」

驚いてエルドの顔を見た。彼はとても真剣な目でネヴィレッタを見ていた。

「マルスが孤独なのはマルス自身のせいであってネヴィレッタのせいじゃない。なのに勝手にネヴィレッタに全部投影して自己犠牲に酔ってるんだよ」

呼吸がとても、楽になる。自然と息を吸ったり吐いたりできる。

「あいつもあいつで過去の失敗のことばっかり考えていて前に進んでないんだよ。同情しなくていいよ、勝手に不幸ぶらせてやれ」

エルドの冷たい言い草がかえってありがたかった。

「そうね。勝手に失敗したと思って勝手に落ち込んで勝手に見当違いな償いをしてもらいましょう」

「そうそう。そこにネヴィレッタも引きずられないようにね」

彼はそこまで言うと、「大聖堂に戻って昼食を食べよう」と言ってきた。大聖堂の周りにたくさん飲食店があるのだ。ネヴィレッタは小さく笑って「はい」と頷いた。

5

フラック村に戻ってきた翌日の朝、ネヴィレッタとエルドはいつもの散歩道より少し森の奥に足を踏み入れた。エルドが、ローリアの雑踏と石畳に疲れ果てたので、緑のエネルギーを感じたい、などと言い出したからだ。ネヴィレッタは少々呆れてしまったが、地属性というものは自然に触れていないと魔力でも気力でもないエネルギーなるものが減るのかもしれない。それに、エルドが行くところすべてについていきたかった。

森はどんどん春に向かって加速しているようだった。木々の梢(こずえ)についた小さな芽が膨らみ、先端がわずかに緑に色づいている。足元でも、茶色の腐葉土から萌黄(もえぎ)色の若葉が顔を見せていた。今の時間はまだ冷えるが、これからぐんぐん気温が上がっていくはずだ。

「生き返るね」

エルドがそう言って伸びをした。ネヴィレッタは「そうねえ」と適当な返事をした。

不意に、少し離れたところから、子供の声に話し掛けられた。

「おい、エルド！　あとネヴィレッタさんも」

顔をそちらのほうに向けると、村の子供であるリュカ少年がこちらに歩み寄ってきているところだった。腕に枯れ木を抱えている。薪拾いだろうか。

「おはよう。お久しぶりね」

そう挨拶して微笑むと、リュカが頬を赤くしてうつむいた。

「ネヴィレッタさん、今日も美人ですね」

「あら、そう？　ありがとう」

子供の言うことだと思って、さらりと受け流した。けれどエルドは「だから何だよ」と唸るような声を上げた。

「彼女が美人なのはお前を喜ばせるためじゃないからな」

「うるせえ、独り占めしやがって、見てろよ、おれだって大人になったらなあ――」

「ちょっと、何の話？　わたしにもわかるようにお話をして」

リュカがエルドのほうをまっすぐ見て「そんなことより見ろよ」と言った。

「歯？」

「歯」

「生えてきた」

口を開け、下唇を引いて上顎を突き出す。確かに、以前会った時には足りなかった永久歯が歯茎から頭を出している。

「まあ、よかったじゃない」

「すみません、うちの子が」

リュカの母親が猛烈な勢いで追い掛けてきた。

「お散歩ですか？」

「そうです。そちらは家事の最中ですよね、お騒がせしてしまってすみません」

「いいんですのよ」

彼女も息子同様左腕に枯れ枝を抱えていた。右手でリュカの腕をひっつかむ。

「確か領主館にレナート王子がお見えだったと聞いたけど、帰られたんですか？」

「いいえ、でも放っておいていいんです」

「そんなものですかね、レナート王子はそういうところがみがみ言わない方なんですかね。いえね、信用はしておりますけど、直接お話ししたことがあるわけじゃないのでね。ただ、この村がガラム王国に編入される前、メダード王国だった時代のご領主様は、それはそれはひどいお人でね――」

リュカの母親は人付き合いがいいほうで、病気を治してからは近所の主婦たちと井戸端会議をしているところを目撃することがある。実はなかなかのおしゃべりなのだ。リユカの母親の話が無限に続きそうになる。退屈したエルドがリュカと手遊びで簡単なゲームを始めた。負けたリュカが「うーっ」とうめいて癇癪を起こしかけた。

「いけない、つい立ち話が長くなっちゃって」

途中で我に返った彼女が、横に続く道を指さした。

「どこかに行かれるご予定だったんですか?」

「いえ、ちょっとお散歩ですよ」

「この道はお散歩にちょうどいいと思いますよ。向こうに昔、村が移転する前にあった教会がまだ残ってて」

初耳だった。

「村、移転したことがあるんですか?」

「五十年に一回くらいの頻度で水害で村が沈没するので、そのたびに移転してるんですよ」

晩夏の豪雨を思い出す。この地方は、冬の今は乾燥した晴れが続いているが、夏から秋にかけての間は土砂災害が発生しやすい。

「前に移転したのは三十年くらい前でして。一般家屋は危ないからあらかた解体したんですけど、教会だけはなんとなくみんな気が引けて今でも時々お掃除に入ってます」

「なるほど」

「珍しい木造の教会ですよ。ぜひ見てきてくださいな」

そこまで説明すると、彼女はリュカの腕を引っ張って「ほら、行くよ」と言った。リュカがエルドとネヴィレッタに向かって「またな！」と手を振った。

「行ってみようか、教会」

「ええ」

二人はまっすぐ歩き出した。

どれくらい歩いただろうか、ややあって木の板で葺かれた屋根が見えてきた。リュカの母親が言っていた木造の教会だ。

左右の若木に囲まれてわかりにくかった全体像が、近づくにつれて見えてくる。

とんがり屋根の塔のような部分がひとつ、身廊にあたる部分がひとつの、小さな教会だった。木の壁は苔むしているが、窓にはめられたガラスは割れたり欠けたりなどしていない。こぢんまりとした、妖精でも暮らしていそうな建物だ。

「かえっておしゃれな感じがするわね」

ネヴィレッタがそういう感想を漏らすと、エルドが「どうだかね」と答えた。

「中、どうなってるかな。床、抜けないといいね」

「めったなことは言わないでちょうだい」

両開きの木製の扉を、エルドが開けた。

中はきれいに掃除されていた。苔むした外観に反して、床は磨かれ、壁も明るい色をしている。床も壁も木製で板張りだ。窓が複数あり、明るい朝の光がふんだんに入ってきていて、日のあるうちは明かりも必要なさそうだった。

「わあ……」

ネヴィレッタは正面のステンドグラスを見て感嘆の声を上げた。赤、青、黄色と色とりどりのガラスがはめ込まれた大窓に日の光が差し入って、床にいろんな模様を描いていた。

二人は静かに正面の祭壇に歩み寄った。

祭壇の上には燭台（しょくだい）があったが、司祭が常駐していない木造の建物では危険だと判断したのだろう、蠟燭（ろうそく）はなかった。お供え物も、からの器しかない。あとは大昔の聖女の姿をかたどった像が置かれているだけだ。

それでも、なんとなく、趣（おもむき）がある。

ネヴィレッタはそれほど信心深いわけではなかった。むしろ、自分に魔法を授けてくれなかった神を恨んだこともあった。しかし、こうして美しい教会建築を見ていると、それとなく厳粛な気持ちになる。ここではぐくまれた空気に手を合わせて、軽く目を閉じた。

「すごいよねえ」

エルドが呟くように言う。

「僕は神様なんて信じてないけど──本当に神様がいたら僕はこんな人生歩んでないなってずっと思ってたけど。建てた人とか、維持してる人とか、そういう人々の祈りってやつに触れると、敬意を払わなきゃな、とは思うね」

「まったく同感」

顔を上げると、隣でエルドも同じように手を合わせていた。

「心が洗われるような気持ちだわ」

「そうだね。たまにはいいかもね」

祭壇の上の聖女像を見る。今村の中心にある教会で安置されているものと同じ姿かたちだ。その教会の司祭によると、彼女も怪我や病気を治す奇跡を起こしたことで当時の人々の信仰を集めたらしい。魔法の種類はネヴィレッタと一緒だが、伝承の内容を鑑みるにこの聖女もエルドと同じ無限の魔力を持つタイプの魔法使いだったようである。

「わたしもいつかああやって彫像にされて飾られるのかしら」

「今のうちに肖像画を描いてもらって、それをもとに再現してもらえるようにしておきなよ」

「肖像画ねえ」

実家の屋敷の壁に囲まれていた歴代のオレーク家の家族の絵を思い出す。最新の絵にネヴィレッタの姿はない。今となっては描き足してほしいとは思わない。

「二人で描いてもらいましょう」

「え、嫌だよ。僕は後世に残りたくないよ」

二人はそんなことを語らいながら教会を出た。

第3章　フナル山での事件

1

フラック村からフナル山までの距離は、馬で二泊三日の道程だった。

村で乗馬の練習もしていたのが役に立ち、ネヴィレッタも馬車より少し早く移動できるようになった。ちょっと街へ買い物に出るのが便利になる、くらいのつもりでやっていたことで大きな目的はなかったが、人生いつ何が役に立つかわからない。

レナート王子が、女性の魔法騎士を二人護衛としてつけてくれた。大陸最強のエルドがいるので護衛は必要ないのでは、と思ったが、護衛という建前で実は監視役のようである。エルドとネヴィレッタが逃げ出さないように気を配っているのだ。たいへん気を遣うので嫌だった。けれど途中で、この魔法騎士が二人とも水属性の部隊に所属していて隊長のセリケが信を置いているらしいことがわかった。わずかながらも安心する。火属性の部隊の人間だったら実家での居心地の悪さを思い出して卒倒していたかもしれない。

フナル山につくと、ネヴィレッタは兄マルスと再会した。うすうす予想してはいたが、胸の奥がもやもやした。せっかくこの前のローリア旅行では顔を合わさずに済んだと思っていたのに、お互い魔法使いであるという以上関わらずに終わるということはないらしい。オレーク侯爵家の当主で魔法騎士団の団長もしている超大物が、レナート王子の行く末を左右する国家を挙げての行事に立ち会わないわけがない。

しばらくは目を合わせないようにしていた。向こうからも話し掛けてはこなかった。

けれど、いよいよヘルミナ姫を迎える式典が始まるという段階になって、式典の準備をしていたスタッフに、レナート王子のすぐそばに聖女も魔法騎士団の団長も並んでほしい、と言われた。聖女としての姿勢を求められたら、国家の安寧を、ひいては政治の安定を望むネヴィレッタには逆らえない。貧血で倒れそうになりながらも我慢して近づいた。

フナル山の鉄の壁、そこに設けられた扉のすぐそばにて、二人で並んで即席の演台の近くに立つ。

「ネヴィレッタ」

兄の低い声で名前を呼ばれた。それだけで、肩が震えた。余計なことをしたら怒られる、という幼少期から刷り込まれた不安が込み上げてくる。

しかし、マルスは静かにこう言った。

「来てくれて助かった。エルドはお前の言うことしか聞かないからな」

遠回しにお礼を言われたようだ。腰が抜けるかと思うほど安心した。

レナート王子が演台についた。集まった一般民衆から、割れんばかりの拍手が送られた。エルドには人でなしと呼ばれているレナート王子だったが、外面は異常に良い。みんな太陽のようにはつらつとした美しい王子に夢中だ。

レナート王子が話し始めた。

王子に敬意を払うため、軽く頭を下げる。自分が着ているドレスの裾が目に入る。首、手首、足首をしっかり覆う、清楚なドレスだ。モノクロでデザインもごくシンプルだが、生地は非常に高価な毛織物だ。聖女のために、聖女らしい服を、といってレナート王子が仕立てさせたものだ。修道女を意識しているそうである。

聖女とはいったい何なのか。国家の安寧を祈り、傷ついた者や病んだ者を癒やす、それだけしかできないネヴィレッタがこんなところでこんな恰好をしている。

レナート王子の言葉が切れた。演説が終わったらしい。聴衆がふたたび拍手をする。指笛も響いた。

「では、我が国最高の魔法使いエルド君にご登場いただこう」

レナート王子がそう言うと、別の場所で待機していたエルドが、重々しい足取りで壁に近づいてきた。久しぶりに魔法騎士団の軍服に袖を通している。民間人でいられないのは残念だが、他に正装になりうる服を持っていないので仕方がない。

エルドが、壁の扉に、手をかざす。

非常に明るい、だがうっすら緑に近い色の光が、エルドの手からほとばしった。

エルドの手から放たれた光が、扉の四角い溝を這う。扉の形を浮き上がらせる。扉の外枠の形が変わった。鉄の壁が波打つようにして扉の枠を広げていく。同時に、開き戸の部分に模様が刻まれ始めた。一級の彫刻師が何百時間もかけて彫るような精緻な形の溝が、数度瞬きする間に作られていった。

味もそっけもないただの鉄板だった扉が、美しい門に変わる。

何事も簡素を旨とするエルドにしては珍しい、綺麗な魔法だった。彼なりのヘルミナ姫への歓迎の意図が込められているのではないだろうか。

最終的に、縦に大人が三人、横にも両手を広げた大人が六人ほど並べそうな大きさの、両開きの巨大な扉が完成した。

歓声が上がった。

エルドがそばにいた騎士たちに何かを話し掛けた。遠くて聞こえなかったが、どうやら開扉できるようになったことを告げたものと思われる。騎士が一人ずつ把手のそばに立った。

「殿下」

騎士に声を掛けられて、レナート王子も演台からおりて扉のすぐそばに近づいた。そして、扉の真正面に立った。

「では、お迎え致しましょう」

司会役の女性がそう言った。

騎士たちが叫んだ。

「開門！」

扉が、ゆっくり、左右に開けられた。

扉の向こう側には、一台の大きな馬車が待っていた。四頭の馬に引かれている。側面にはメダード王国の国章が刻まれていた。

大歓声の中、その馬車はゆっくりこちらに近づいてきた。

ややあって、レナート王子の真正面で、静かに止まった。

メダード王国側からついてきた徒歩の騎士が、馬車の扉の前に踏み台を置いた。

扉が、開けられる。

まず出てきたのは、お付きの者と思われる中年の女性だった。髪をきつくまとめて、暗い色のシンプルな服装をしている。

彼女は周囲の人間に礼をしてから、馬車のほうに向き直り、手を中へ差し伸べた。

次に出てきたのは、小柄な少女だった。

ふわふわの長い髪は頭頂部がピンク色で、毛先に行くにつれて白くなる、という不思議な色合いをしていた。あんずの花のようだと、ネヴィレッタは思った。透けるように白い肌で、大きなピンク色の瞳をしている。着ているドレスも暖色系の淡い色合いのものだった。
彼女がヘルミナ姫か。
華奢で、おとなしそうな、可憐(かれん)で儚(はかな)げなお姫様だった。
彼女はしずしずとレナート王子のほうに歩み寄ってきた。
レナート王子が正面にひざまずき、彼女の手を取って口づけする挨拶をした。
次の時だった。
どおん、という、腹の奥に響く音がした。
あっという間にあたりに白い煙が充満した。
民衆から悲鳴が上がった。
その悲鳴の中から、大きな怒鳴り声が響いた。
「婚約反対！　メダード王国は敵国だ！」

2

視界を遮る白い煙に、ネヴィレッタはおののいた。恐怖で硬直してしまった。
そんなネヴィレッタを、隣にいたマルスが抱えるようにして後ろに下がらせた。兄の大きな手、強い力を腕と腰に感じる。

「下がっていろ。魔法だ」

至近距離なのでかろうじて見える、という程度の兄の顔が険しい。

「魔法？」

「火属性の魔法使いが魔法を使って爆発を起こした」

ネヴィレッタが二歩分下がる。

「お前は安全なところに行け」

そう言い残すと、彼はネヴィレッタの護衛としてつけられた例の水属性の魔法騎士二人を呼んで、ネヴィレッタを彼女らに預けた。

マルスが走り出し、大声で部下たちに指示を出す。

爆発はその後も断続的に続いた。叫ぶ声も定期的に響いていた。

「国王陛下万歳！」

「メダード王国をゆるすな！」

「レナート王子の独断専行！」

しかしマルスたち火属性の魔法騎士が空に手をかざすと、レナート王子の足元に向かって投げつけられていたものと思われる爆発の魔法と魔法騎士たちの炎の魔法が、空中でぶつかり始めた。天高くで破裂する。音は大きいが、煙と土ぼこりは徐々にやんでいった。

視界が晴れてくると、マルスがレナート王子のほうに駆け寄った。

レナート王子のほうはというと、エルドが巨大な鉄の盾のようなものを持って、馬車ごとレナート王子やヘルミナ姫をかばっていた。どうやら壁から鉄を取ったらしく、背後の壁の一部がえぐれている。金属を乳製品のように溶かしては固めるエルドの魔法に驚嘆する。

爆発の魔法はエルドの盾に弾き返されたようだ。その上、煙や音から感じていたほど激しい攻撃ではなかったのかもしれない。手前の地面を少し削っただけで、地面に大穴が開いているわけではなかった。

それでも群衆をパニックに陥れるには十分だ。一般の立ち見客が山を下ろうと一斉に壁から背を向けた。

同時に、こちらへ向かってくる集団があった。

百人近い団体が押し寄せてくる。

彼ら彼女らは握り締めた拳に炎をまとっていた。火属性の魔法使いだ。しかし全員平服で、誰も彼も普通の人間に見える。魔法使いは基本的には姿かたちではわからないものだ。ただ、今回に限って言えば、警備の魔法騎士たちが目視で魔力の確認をしていたはずである。それをすり抜けるということは、魔力があまり強くないか、あるいは、魔力を隠す訓練をしているか。後者であれば普通の魔法使いではない。

彼らが一斉に魔法の炎を放った。

同時に火属性の魔法騎士たちも炎をぶつけた。

襲ってきた集団は立ち止まらなかった。自分たちが火傷をしないことを利用して、攻撃されてもまったく防御をせずに駆け抜けてきたのだ。

マルスが剣を抜いた。それをレナート王子が「やめろ」と言って止めた。

「軍人ではない魔法使いには傷をつけるな」

「無茶をおっしゃるな」

謎の魔法使い集団が、レナート王子とヘルミナ姫に、接触しようとしている。

「エルド、頼む」

レナート王子にそう言われて、エルドが盾を捨てた。両手を体の前にかざす。両手が薄く緑色に光り出す。

しかし、その光はすぐに消えてしまった。

「まずい」

エルドが言う。

「こんな状態で僕が魔法を使ったらあっちもこっちも怪我じゃ済まない！」

軍人ではない魔法使いには傷をつけないという縛りが大きい。誰も傷つけずに済ませるためには、彼の魔法は強すぎる。こんな時には彼が最強の人型兵器と呼ばれていたことを思い出してしまう。

そんな彼を恐れず、数人の魔法使いがエルドに体当たりしてきた。

エルドはそれをかわそうとしたが、囲まれている。彼は魔法使いとしては間違いなく大陸最強だが、身体能力は軍人として上等という程度のものである。身動きが取れない。

ある魔法使いが、エルドの背中に手をついた。

エルドが振り返って彼を蹴り飛ばした。

意外にも、その男はよろけたのちにすぐ走って逃げ出した。

その男だけではない。他の魔法使いたちも、エルドから急いで離れていった。エルドのほうが取り残されてきょとんとしている。

何が起こったのだろう。

その一瞬の隙を突かれた。

火属性の魔法使いたちが、その場を離脱しようとしていたレナート王子とヘルミナ姫のほうに向かってきた。

「接触させるな！」

マルスがそう言うと、火属性の魔法騎士たちが飛びかかっていった。彼らも炎の魔法では火傷をしないので攻撃をものともしない。だが、火属性以外の魔法騎士たちはそううまくいかない。水属性は水をかけて、風属性は風をあてて火を消そうとしている。そのせいですべてがワンテンポ遅れる。攻撃力という点では、火属性に勝る魔法はない。

「殿下」

炎の玉が、迫ってくる。

レナート王子の反応は早かった。

彼はヘルミナ姫に覆いかぶさるようにして抱き締めた。そのままヘルミナ姫を押さえつけて地面に膝をつかせると、自らも膝を折り、ヘルミナ姫の全身を包み込んだ。

彼のコートに火がついた。

焦げ臭いにおいが漂う。

「殿下!」

水属性の魔法騎士がレナート王子とヘルミナ姫に水をかけた。ずぶ濡れになったが、炎は消し止められた。

魔法使いたちが二人を囲んでいる。

じりじりと距離を詰める。

空気が張り詰める。

「エルド!」

青年の声が響いた。

「全員囲め!」

その声に反応して、エルドが我に返った顔をした。

そして、地面に両手をついた。

魔法使いたちをぐるりと取り囲む円形の土の壁が現れた。

土の壁に行動を制限される。レナート王子とヘルミナ姫ごと壁の中に閉じ込められる。

その土の壁を飛び越える姿があった。空中を駆け抜けるその銀の髪の青年は、風属性の部隊の隊長であるカイだ。彼は上空から難なく壁の中に入ると、ヘルミナ姫ごとレナート王子を抱えて空に飛び出した。

カイ、レナート王子、ヘルミナ姫の三人が壁の外に出た途端、土の壁がさらに盛り上がってドーム状になり、魔法使いたちを覆って、閉じた。中から「開けろ!」という怒鳴り声が聞こえてくるので生き埋めになったわけではなさそうだが、これで捕縛できたも同然だ。

「よっこらせ」

カイが二人を地面におろす。エルドが「判断が早い」と彼を褒めると、彼は得意げに笑って「俺も天才ですので」と言った。

しかしまだすべての事態が収拾したわけではない。

おびえて硬直していた一般人の観衆が、一斉に動き出した。

魔法騎士たちが「危ない!」「立ち止まってください!」と言って動きを止めようと

するが、みんな混乱していて話を聞かない。雪崩のように坂をおり始める。

不意に一人の子供が転んだ。それに反応して、大勢の人がたたらを踏んだ。背の低い女性や子供たちが押し潰されそうになった。

あの状態ではみんな大怪我をしてしまう。

「いけない！」

ネヴィレッタは衝動的に飛び出した。魔法騎士たちが「ネヴィレッタ様！」「いけません！」と叫んだが振り切った。

「皆さん、落ち着いて！」

左腕を魔法騎士につかまれたまま、右手を伸ばす。

近くにいた女性の腕に触れた。

何でもいい。どうでもいいから、なんらかの形で落ち着かせなければならない。

「大丈夫ですから……っ」

次の時、体がふわりと軽くなったような気がした。

自分の魔法が発動した。

視界のすべてが優しい光を放って、人々をやんわり包み込む。

ネヴィレッタが腕をつかんでいた女性が、ぴたりと動きを止めた。それから、きょとんとして自分の両手を見た。

彼女のすぐそばにいた男性も、同じように足を止めた。きょろきょろとあたりを見回す。

その動きの空白が次から次へと伝播(でんぱ)して、群衆が静かになった。

「何だ、今の……」

「急に体が軽くなったような……？」

「俺は今まで何をそんなに慌ててたんだろ……」

大人と大人の足の間から顔を見せた子供が、「せいじょさま！」と嬉しそうな声で叫んだ。

「せいじょさまのまほうだよ！」

その子供の一言をきっかけに、人々がネヴィレッタに向かって押し寄せてきた。何がなんだかわからなかったが、ネヴィレッタ一人がもみくちゃにされて誰も怪我なく終わるならいいだろう。

何がなんだか、わからない。

本当に自分の魔法の力だったのだろうか。危機的な状況下だったから、無意識のうちに新しい使い方を開発したのだろうか。今度もうちょっと落ち着いた時に再現できないか実験してみる必要がありそうだ。思ったとおりに使えるようになったら、応用が利くかもしれない。

「まあ、とりあえず、よかったわ」

そう思っていた。

「――きゃ」

まったく予想外のほう――レナート王子のすぐそばから、悲鳴が聞こえてきた。

「きゃあああああああ」

甲高い、空気を切り裂くような悲鳴だった。喉を振り絞るような、あたり一面に響き渡る、若い女性の悲鳴だ。

次の時だ。

突然、地面から緑色の何かが複数本生えてきた。

多肉植物のようだ。

だが一本一本がネヴィレッタの胴体よりも太い。

謎の多肉植物のようなものが地面からすさまじい勢いで伸び、人間の頭上高くまで成長する。

とげが生えている。

危ない。

「いやあああっ、助けて！　助けてえええええ」

群衆がネヴィレッタの魔法の影響で鎮静化した中、生き物のように動き回るその植物の根元で、彼女は――ヘルミナ姫は、真っ青な顔で叫び続けた。

「怖いよお！　怖いよおおおお」

植物が彼女の周辺を取り囲む魔法騎士たちに襲い掛かる。ほとんどは火属性の魔法使いなので植物を燃やすことができるが、水分含有量の多そうな多肉植物はそんなにすぐには焼き尽くせない。

馬車から一人の女性が飛び出してきた。暗灰色のマントをまとった女性だった。

彼女はヘルミナ姫を後ろから抱え込むと、「いけません！」と怒鳴った。

「落ち着きなさい！　息を吸いなさい！」

その女性に抱き締められたことで、ヘルミナ姫は叫ぶのをやめた。だがまだ興奮が完全に冷めたわけでもないらしく、うめき声に似た泣き声を発して震えている。

泣き声に反応して、多肉植物がうねり、周囲の人間を薙ぎ払おうとする。

とげがある。

エルドはふたたび盾を作ろうと思ったらしく、鉄の壁に近づいた。

だが、エルドが魔法を使う前に、レナート王子が立ち上がった。

レナート王子が、手を伸ばした。

植物の表面に触れた。

「危ない！」

また予想外のことが起きた。

植物が、一瞬で枯れたのだ。

水分で膨らんでいた多肉植物が、レナート王子が触れたところからしおれ、潰れ、朽ちて、崩れた。

根の部分でつながっていたのだろうか、暴れ回っていた植物がすべて枯れ、地面に倒れて動かなくなった。

地面にしゃがみ込んでいたヘルミナ姫と暗灰色のマントの女性に、レナート王子が近づく。

「大丈夫か？」

ヘルミナ姫の泣き濡れたピンク色の瞳が、レナート王子を見た。

「怪我はないか」

「……ないです」

「それは、よかった」

焼け焦げた上にずぶ濡れのコートで、レナート王子は笑った。

「殿下は……？」

「まあ、お姫様を守るためならば名誉の負傷だろう」

みんな、静まり返った。

「何かしら、今の、殿下の……」

ぽつりと呟いたネヴィレッタに、回収に来た水属性の魔法騎士の女性がささやくように言う。

「殿下の魔法ですね」

「レナート殿下の？」

「殿下は水属性の魔法使いであらせられます。細かい説明は後で。エルドのところにまいりましょう、今なら彼のそばが一番安全です」

ネヴィレッタが引きずり出され、エルドのほうに連れてこられたのを確認してから、マルスが警笛を吹いた。火属性の魔法騎士たちが動き出して、群衆の列整理を始める。

マントの女性は、濡れた土のようにつややかな茶色の髪を肩のあたりで切り揃えていて、瞳の色も金に近い茶色をしていた。年齢は三十代前半くらいと思われた。特に目を引く容貌ではないが、この状況では強烈な存在感だ。

「大丈夫です姫様、もう大丈夫ですからね」

ヘルミナ姫が、女性の服の胸を握り締めている。

「しかし、何だったのかね、今の植物は」

レナート王子が呟くと、エルドが答えた。

「魔法だね」

「魔法？」

「地属性の」

ヘルミナ姫の肩が、震えた。

「君、地属性の魔法使いだね？」

蒼ざめた顔をゆっくり持ち上げる。白目の部分が充血しているピンク色の目が、エルドを見つめる。

「ごめんなさい」

そう言ったのは、暗灰色のマントの女性だ。

「私がコントロールできなかったばかりに、皆さんにご迷惑をおかけしました」

「どうしてあなたが？」

エルドが眉根を寄せた。

「どうして、ここに、ダリアが」

マントの女性が――ダリアがうつむき、溜息をついた。

「すべて私がお話しします。たいへん恐縮ですが、姫様が落ち着いて休める場所をご用意いただけないでしょうか」

3

フナル山の壁から少し離れたところに、待機室として大きなテントが用意されていた。レナート王子を迎え入れることを念頭に置いて組み立てられたものらしい。地べたにそれなりのカーペットが敷かれていて、折り畳みの簡易な仕組みながらもそれなりのクッションのある椅子が並べられている。

ヘルミナ姫はその椅子に座ってずっと泣いていた。

至近距離に爆発物を投げ込まれた上、大勢の魔法使いに囲まれたのである。しかも、上がった声はメダード王国を敵視し婚約に反対する内容だった。恐ろしい思いをしただろう。

「たいへん申し訳ございませんでした」

ヘルミナ姫の頭を胸に寄せるようにして抱き締めたまま、ダリアは何度も謝罪の言葉を繰り返した。

「姫様には何があっても冷静でいるようにと言い聞かせていたのですが……一度動揺するといつまでも止まらない、困った性質であらせられます」

ダリアは言葉遣いこそ丁寧であるものの、ヘルミナ姫をただ敬って仕えているだけではなさそうだ。ダリアとヘルミナ姫のやり取りは、母親と幼い娘のように見える。しかしダリアはまだ三十代程度だと思われるので、乳母というにはちょっと若すぎる気がする。

「聞いていないな」

レナート王子が言った。

彼のほうを見ると、一人腕組みをしてヘルミナ姫を見下ろしていた。そのコートの袖には赤黒いしみが点々とついている。ヘルミナ姫が生やした植物のとげに触れて流血したのだ。傷自体はネヴィレッタが魔法で治したのでもうない。だが、目撃者は千人近い。

メダード王国の王女が、ガラム王国の王子を、魔法で傷つけた。

たいへんな外交問題だった。

「ごめんなさい、ごめんなさい」

自分がしでかしたことの重大さは一応わかっているものと見える。ヘルミナ姫は目元をこすりながらうわごとのように謝罪の言葉を繰り返した。

「謝ってほしいわけではない。このたびはまず先に不逞（ふてい）の輩（やから）の侵入を許してしまった我々の警備の問題がある。姫が魔法を使って防御しようとしたというのは正当防衛に当たると考える。まあ、ガラム王国ではたまにある話だから気にしなくていい」

カイが「たまにもねえよ」と呟く。

レナート王子が自分のこめかみを押さえる。

「まさか魔法使いを送り込んでこようとは……メダード王国の王族は非魔法使いの一族だと聞いていたのに。それも地属性の。その上自力で制御できない」

ヘルミナ姫がますます縮こまった。

「だって……ガラム王国の王侯貴族は皆さま魔法使いだって……だから……」

震えながら、ぼそぼそと小声で言う。

「わたくし……ガラム王国に行けば……きっと皆さまとうまくやれるって……」

「そんなぬるい発想でこの私と婚約を……」

ヘルミナ姫はレナート王子のその呟きに敏感に反応して肩を震わせた。レナート王子が「失礼」と言って首を横に振る。マルスが斜め後ろから出てきながら溜息をつく。

「殿下、もう少し言葉をお選びになっては？」

「申し訳ないが、私も人生がかかっているので少々思うところがある」

そこまで言うと、レナート王子は少し離れたところの椅子に腰を下ろした。

「ダリア。あなたとは久しぶりだ。五年、いや六年になるか」

ネヴィレッタは驚いた。ダリアとネヴィレッタは初対面だ。しかし先ほどエルドも彼女のことを知っている様子だったし、もしかしたら彼女はネヴィレッタの想像以上の要人なのかもしれない。

ネヴィレッタの混乱を察してくれたのはエルドだった。彼は「あのね」と穏やかに口を開いた。

「ダリアはガラム王国の魔法騎士だったんだ。僕の先輩でね、数少ない地属性の部隊の一員だった」

「あら、そうだったの？　わたし、エルドしか知らなかったわ」

「六年前までは、僕のほかにダリアと、あともう一人バーニオという隊長がいた。当時のメダード王国との戦争では地属性の魔法騎士は三人いたんだ」

ダリアはまたうつむいて「申し訳ございませんでした」と言った。彼女が謝罪の言葉を口にするのは何度目だろう。

「地属性の魔法騎士として戦争に参加し続けるのが恐ろしくなって、出奔してしまったのです。本当に、情けないことを。恥ずかしいことをしました」

「別にいいよ」

エルドが言う。その声は少し優しい。

「バーニオが死んでみんな混乱してた。……ダリアとバーニオは本当に仲良し夫婦だった」

ダリアの目元にも涙が浮かんだ。

「亡くなられたんですか……」

どこまで首を突っ込んでもいいかわからなかった。知りたいことはたくさんあったが、ネヴィレッタはそこで言葉を切った。ダリアのほうがそんなネヴィレッタに気づいてこちらを向いて微笑んでくれた。

「地属性の魔法使いは魔法の使いすぎですぐ死んでしまうんですよ。夫は後方支援のために橋を架けたり崖を削ったりする作戦に従事していましたが、馬が引く荷車が通れる道を切り開くというのはなかなか大変でしてね。ある時メダード王国軍の火属性の魔法騎士に奇襲をかけられて、みんなを守るために地中の岩を掘り出して固めて防御壁を作ったら、魔力不足で倒れてしまったのです。そしてそのまま目覚めなかった」

きっとバーニオは標準的な地属性の魔法使いだったのだろう。ネヴィレッタにとっての唯一の地属性であるエルドのほうが例外なのである。いくら地属性であっても、エルドを基準に考えてはいけないということだ。

「私も限界でした。私はエルドとともに前線に行って戦っていましたが、もう少しで力尽きるだろうというのを感じていました。それで、夫の死を聞かされた時、心の中で何かがぷつんと切れてしまって。気がついたら、エルドを置き去りにして戦場から逃げていました」

エルドが眉尻を垂れる。

「僕にすべてを丸投げして休めばよかったのに。ダリアもバーニオも僕の魔力量のことは把握してたでしょうが」

　ダリアが首を横に振る。

「あなたはまだ十六歳で、私たちから見たら子供のようなものだったのです。──いいえ」

　声が、震える。

「子供を作らなかった私たち夫婦にとって、あなたは愛しい我が子でした」

　軽く鼻をすする。

「それを置いて逃げてしまうなんて、自分が信じられない……なんて非情な女なのかしらと、ずっと考えていました」

　彼女はまた、エルドのほうを見た。

「それからしばらく諸国をさまよって、最終的に三年前、メダード王国にたどりついたのです。そこで、奇妙な噂を聞きました。花咲か姫の話です」

　ヘルミナ姫の肩がびくりと震えた。

「かわいらしい愛称に反して、すごく恐れられていたのです。毒の花を咲かせるとか、杭を作って生き物を串刺しにするとか。植物にまつわるたいへん恐ろしいことを起こす魔法使いのお姫様がいる、という話を耳にしたのですね」

　ダリアの白い手がヘルミナ姫の肩を撫でる。

「すぐぴんと来ました。地属性の魔法だわ、と。でも、メダード王国にはほかに地属性の魔法使いがいないようなんですね。だから、得体の知れないものだと思って遠ざけている。これはいけない、と思いまして」

エルドが苦笑する。

「それで、ばあやのようなことを？」

「はい。あなたに教えてあげたように、地属性の魔法の使い方を教えてきました」

ようやく、ダリアがほんのり笑みを浮かべた。

「地属性の子供はみんな可愛い。みんないとおしい我が子です。そう思って全力で教育してきました。この身にはもうほとんど魔力が残っていないので、あまりお手本を見せてあげられないのが残念ですが」

「なるほどね」

そこで息を吐いたのはレナート王子だ。

「その花咲か姫をガラム王国にやろうと決めたのは、まさかと思うが、厄介払いかね」

口を閉ざしたダリアに反して、ヘルミナ姫が「そうなのです」と答える。

「わたくし、こんな魔法ばかり使ってしまうので、よそに嫁がせるのは危険だから、って……ガラム王国なら大勢魔法使いがいるからなんとかしてくださるはず、と父上さまが申しておりました」

そして、桃色の唇を尖らせてぽつぽつ言う。

「ガラム王国には偉大な地属性の魔法使いがいると聞いて……。メダード王国では魂喰らいというとても恐ろしいあだ名をつけられているけれど、ダリアが、普通の男の子ですよ、と教えてくれたから……地属性同士、うまくやれるのではないかしら、って……」

ガラム王国発祥のあだ名がメダード王国にも伝播している。メダード王国でも言われているのでは、きっと大陸じゅうでそう呼ばれているのだ。ネヴィレッタの胸は痛んだ。

地属性とはなんと苦労をさせられる存在か。その力を持っているだけで忌み嫌われてしまう。魂喰らいと花咲か姫——こうして並べてみると特にそれを強く感じる。

「地属性は本来争いごとを好まない気質ですからね」

ダリアが言った。彼女の口から出ると重みのある言葉だ。

「それに、私、レナート殿下でしたら姫様をお預けできると信じているんですよ」

レナート王子が顔をしかめる。

「どういう意味で？」

「先ほどの騒ぎも殿下が魔法で無事にお収めくださったではございませんか」

そういえば、彼は見たことも聞いたこともない魔法を使っていた。近くにいた魔法騎士が水属性の魔法だと言っていたが、信じられない。

「殿下の魔法と姫様の魔法はたいへん相性が良いと思っておりますのよ。まるであつらえたようにぴったり。うまくやっていけるのではございませんか」

ダリアがぴんと背筋を正した。レナート王子が唸る。

「庶民の間にはお見合いを勧めるお節介おばさんなるものが存在すると聞いたが」

エルドが噴き出した。

テントの外から声が聞こえてきた。

「殿下、団長、事件の概要がはっきりしたのでご報告致します」

爆発騒動のことだろう。先ほど犯人グループを全員拘束できたというところで話が切れていたのだ。それが解決しそうらしい。

「入れ」

マルスが言うと、火属性の魔法騎士の青年が三人中に入ってきた。

対して、ヘルミナ姫は立ち上がろうとした。

「ダリア、わたくし、もう休みたいわ」

ようやく涙が引いてきたらしい。泣き腫らした顔は痛々しいが、なんとか収めた様子だ。

ダリアは一瞬困った顔をしたが、「そうですね」と答えた。

「大掛かりな魔法を使って疲れてしまったのでしょう」

「政治のことは男性に任せて、わたくしたちは下がらせていただきましょうよ」

ガラム王国側の人間すべてが驚きのあまり声を漏らしてしまった。

「えっ？」

「はっ？」

「なに？」

ヘルミナ姫は王女なのに、政治のことには触れたくないのか。

男も女も魔法騎士として働くのが当たり前のガラム王国では、考えられないことだ。

ダリアも不本意そうではあったが、基本的にはヘルミナ姫に逆らわない方針らしい。

「魔力の消費量が大きかったようです。申し訳ございませんが、私たちだけで休める場所をご用意いただけないでしょうか」

「まあ、構わないが」

レナート王子が近くにいた事務官に指示を出した。そして、腹の奥底から出したのではないかと思うほど深い溜息をついた。

＊　＊　＊

ヘルミナ姫とダリアは、一時的にフラック村に滞在することになった。ローリアで大規模な婚約反対デモが計画されているとの情報を得たためだ。治安維持のために警備を強化してから改めて迎え入れることが決まった。そして、完璧に安全であると言える状況になるまで、レナート王子個人の所領で身柄を預かることになったのである。

メダード王国に帰す、ということはできなかった。ガラム王国の沽券に関わるからだ。今回のガラム王国訪問はあくまで顔合わせのためであり、婚約式が終わったら一度メダード王国に帰ることになっていた。しかし、ローリアにもたどりついていない今に帰してしまうのはまずい。

ヘルミナ姫とダリアの話が本当なら、生まれ育った王城に彼女の居場所はない。レナート王子に怪我をさせた件でひどい罰が与えられる可能性もあった。エルドはそれを想像して、用事が済んだあとでも帰すのは可哀想ではないか、と思ったが、王侯貴族は結婚式の準備に膨大な時間を費やす。

レナート王子の領土の中でもピンポイントにフラック村が選ばれたのは、もちろん、最強の魔法使いと聖女がいるからだ。レナート王子どころか、ガラム王国全体、否、メダード王国でさえも、いざという時はエルドとネヴィレッタが対応すればいいと考えているらしい。

いい迷惑だ。

エルドは、フナル山のふもとの街に用意された宿の一室で、ベッドの上にあおむけに転がった状態で溜息をついていた。

外はもう夜更けだ。ヘルミナ姫の魔法の暴走事件からはすでに半日以上経過している。爆発騒動の件も、マルスを筆頭とした魔法騎士団の幹部たちの間で情報共有がなされて、捜査をいったん終了していた。

爆発騒動の件について、犯行グループの供述からおおよその動機が把握できた。

彼らは、バジム王派の人間で、レナート王子をよく思っていない。レナート王子がメダード王国とつながることによって更なる権力を握ることへの不満を持っている。ヘルミナ姫という大きな切り札を得て、メダード王国を後ろ盾にしてバジム王に反抗することを懸念しているのだ。

ガラム王国では、今、バジム王とレナート王子の間の亀裂をめぐって国内を二分する政治闘争が行われている。

メダード王国側がそれをどこまで知っているかはわからない。知っていても、二国間の融和を重視するレナート王子に肩入れするのは明らかなので、婚約破棄に至ることはないだろう。だが、弱みを見せるにはまだ早い。和睦は数ヵ月前に成立したばかりだ。

バジム王は再戦を望んでいる。バジム王の力がレナート王子を上回った時、メダード王国とガラム王国はまた揉める可能性がある。世界情勢はまだまだ危うい。

「めんどくさ」

エルドは一人そう呟いて寝返りを打ち、体を横にした。

体を動かした瞬間、ふと、違和感を覚えた。体の中をめぐる血液が一瞬流れを滞らせた気がしたのだ。

思わず自分の手の平を見た。けれど、特に色が変わっているわけではない。握ったり開いたりを繰り返してみても、何の変調もなかった。気のせいだったらしい。

そういえば、フナル山での爆発騒動の時、攻撃してきた火属性の魔法使いに背中を触られた。あの時、あの魔法使いの手の平から強い熱を感じたので、火傷させられたのかと思った。しかしそれにしては痛みがない。一応服を脱いでカイとマルスに確認してもらったところ、皮膚に異常はないと言われた。おかしなことがあればネヴィレッタに見せて治してもらおうかと思ったが、今こうしてみるとその必要はない気がする。

あれは何だったのだろう。

でも、一瞬だけ、確かに、違和感があった。

気持ちは悪いが、考えてもわからないことは考えないに限る。手をシーツの上におろす。

窓から月が見える。何事もなかったかのような、静かな夜である。月だけはどこで見上げても同じもののように感じる。

政治のことを何にも考えずにフラック村でネヴィレッタと平和に暮らしたい。二人きりでのんびり過ごせたら他に何もいらないのだ。

次は麦を育てたい。もっと大きな畑を村人に借りるのだ。仲を取り持ってくれるネヴィレッタのおかげで、村人との関係は良好だ。麦畑を作れるかもしれない。自分で育てた麦でパンを焼くのは、どれほどの達成感だろう。

ドアをノックする音がした。エルドは顔をしかめた。

「誰？」

穏やかな女性の声が聞こえてきた。

「私です」

エルドは跳ね起きた。急いでドアのほうに向かった。

ドアを開けると、そこに立っていたのは、案の定、ダリアだった。

六年前、最後に別れた時と何も変わらない。さらりとした土色の髪、端が優しく持ち上がった薄い唇、そして何よりエルドを見つめる優しい金茶の瞳が、記憶にあるそのままだった。

「もう寝るところでしたか。邪魔をしてしまってごめんなさいね」

「ううん」

ダリアが軽く目を伏せる。

「少しお散歩をしませんか。あなたとゆっくり二人きりでおしゃべりをしたくて」

エルドはためらうことなく頷いた。他の人間に誘われたら断っているところだったが、ダリアの頼みとあれば喜んで従う。

それくらい、エルドにとってのダリアは、特別だった。

また会えた。

それだけで嬉しい。

「行くよ。上着を取ってくるから、ちょっと待って」

ダリアは「はい」と答えて静かにエルドを待ってくれた。

ここは王族を接待するのにも十分な高級宿だ。整えられた広い庭があって、かがり火に照らされながら歩くことができる。

ダリアは彼女らしいゆっくりとした足取りでエルドの前を歩いた。エルドは弾みそうになる足取りをこらえながら彼女の後ろを追い掛けた。

池の橋の上で、ダリアが立ち止まる。そして、エルドのほうを振り向く。

ダリアが、両腕を伸ばす。

強く、強く、抱き締められる。

エルドは抵抗しなかった。

子供の頃も、ダリアは何かあるたびにこうしてエルドを抱き締めた。

ダリアの髪から感じる香木のにおいも、あの時代のままだった。

「ずいぶん立派になりましたね」

ダリアが言った。

「もうすっかり大人の男性ですね。こうして抱き締めるのは不適切かもしれないとも思いましたが」

エルドは首を横に振ってダリアを抱き締め返した。エルドの身長はあの時代よりずっと伸びて、女性のわりには背の高いダリアでも、頭はエルドの口のあたりまでしかなかった。

「とても嬉しくて……ちゃんと成長してくれていたことがたまらなく嬉しくて。私の頭の中ではまだ、六年前どころか、出会ったばかりの十年以上前の女の子みたいだった頃のままだったんですよ」

ダリアの腕が、一瞬震えた。

「そのあなたを、あんなところに置いていくなんて。私はなんて薄情で残酷な女なのかしらと、ずっと自分で自分を責めていました。あなたにも私を責める権利があります」

「そんなことしないよ」

そっと体を離す。目と目を合わせて微笑み合う。

「僕はダリアが生きていてくれただけで嬉しいよ。また会えるとは思ってなかった。バーニオが突然亡くなってすごく取り乱していたから、ダリアまでおかしくなっちゃったらどうしようって、とても心配だったんだ」

「ごめんなさい」

「それでもメダード王国で地属性の魔法使いとして活動してたんだね。やっぱり責任感の強い人だ」

「魔法を使ったことはほとんどないんですけどね。私には、もう」

地属性の魔法使いの寿命は他の属性の魔法使いよりずっと短い。地面を揺らしては均すことを繰り返すので、魔力の消費量が桁違いなのだ。エルドはこういう体質なので天寿をまっとうするまで生きてしまいそうだが、普通の魔力量の魔法使いでありながら最前線で戦っていたダリアは長くもたないだろう。

「地属性の他の仲間の役に立てればと、それだけを考えて生きてきました。それがあなたへの贖罪だと思っていて。ところが地属性の子供はもうみんないろんな国の政府が狩り尽くしていて村落にはいないんですよ。何度も何度も、私たち、もう絶滅するさだめの属性なんだわ、と絶望しました」

エルドは目を細めた。

「それが地属性のさだめなら、それでもいいんじゃないかな。地属性がどんなに不幸な存在かは、僕は身をもって知ってるから。存在しないなら存在しないで、それはそれでいいって気がするよ」

不意にダリアがエルドから離れて後ろを振り返った。

「ダリア？」

「今どなたかの魔力の気配を感じたのですが」

驚いた。エルドはまったく感じていなかったのだ。

少し反省する。

エルドは莫大な魔力を持っている分周りの魔力の移り変わりに鈍感だ。すべての魔力の気配が自分自身の魔力の圧に掻き消されてしまうのである。しかもそれを不便だと感じたこともない。それで身に危険が迫ったとしても、魔法と知名度で黙らせることができるからだ。

ダリアは良くも悪くも細やかだ。穏やかな表情に優しい声で、そのへんの茂みに向かって投げ掛けた。

「大丈夫ですよ。怒らないから出ていらっしゃい」

少し、間があいた。

気のせいだったのでは、と言おうとしたところで、茂みの向こう、木の陰から一人の女性が姿を現した。

ネヴィレッタだ。

長い髪をひとつにまとめ、宿で用意された簡単な寝間着の上に上着を羽織っている。

ひどく動揺している様子だ。

「ごめんなさい。盗み聞きするつもりはなくて……ただ二人の姿が見えたから……その……」

彼女はうつむいて「ごめんなさい」と繰り返した。

何をそんなにおびえているのだろう。ダリアが怖いのだろうか、それともエルドが怒ると思っているのか。彼女には何ひとつ憂いのない人生を送ってほしいと思っているのに、うまくいかないことばかりだ。

「なんだか眠れなくて……受付で白湯をいただいて、月を見ながらぼんやり……」

「ネヴィレッタ」

エルドは苦笑して言った。

そして、腕を伸ばした。

強く、抱き締める。ネヴィレッタの背を押すようにして、自分の体にネヴィレッタの体を密着させる。彼女の後頭部から首の後ろあたりをゆっくり撫でる。そして耳元でささやく。

「びっくりさせたかな。ずっと地属性地属性って騒いでて、さみしい思いをさせちゃったかなあ」

彼女もエルドをぎゅっと抱き締め返した。

「ねえエルド」

エルドの首に頭を寄せる。

「定期的にこうしてくれないかしら。思いついた時だけじゃなくて……、何でもない時にこうして抱き締めてくれたら、わたし、とても安心するのだけど……」

「わかった。じゃあ毎朝起きた時と毎晩寝る前にね」

「そこまで極端にしなくてもいいのだけど……」

頬を、ネヴィレッタの頭に押しつける。

「何でも我慢しないようにね。嫌なことがあったらどんどん叱ってくれて構わないから」

「そういうの苦手なの」

「その苦手、解消されるといいね。いや、解消できるように僕が努力するよ。君が何でも言える世界を作りたい。何にも我慢しなくていい、ちょっとわがままなくらいになれる、そういう暮らしができるように僕ががんばるよ」

とても強くて弱くて、しなやかでもろい人だ。大切に扱わないと、砕け散ってしまうかもしれない。

ずっと腕の中に閉じ込めておきたい。永遠にこのまま二人だけの世界でいたい。

けれど、ほかならぬ彼女自身が二人きりの閉鎖的な空間に居続けることを拒む気がしていた。

狭い屋敷の中に閉じ込められていた彼女は、外の世界がどうなっているのか知りたがっている。

彼女自身がそうして歩き出す自分を肯定できるように、背中を押してやらないといけない。

「ただ、君自身もちょっと気に留めておいてほしい。自分はもう解放されてもいいんだってことを、認識してほしい」

「うん……」

少しの間、黙ってくっついていた。

ややあって、ネヴィレッタが体を起こした。

「ダリアさんが見ているわ」

エルドは苦笑した。

「とても嬉しいけど、時と場所は考えないといけないと思うの」

「しっかりしてるね」

少し離れたところから二人を見ていたダリアが、ゆっくりした足取りで近づいてきた。

そして、「すみませんでした」と軽く頭を下げて謝罪をした。彼女はずっと謝ってばかりだ。

「そうだ、ネヴィレッタに僕からダリアを紹介したいと思ってたんだ。ちょうどいい、今ちょっといいかな？」

ネヴィレッタが頷いた。エルドは一歩引いてあえてダリアの隣に立った。

「この人はダリア。僕にとってとても大切な人。世界でネヴィレッタの次くらいに」

それを聞いて、ネヴィレッタは照れたのか変な顔で笑った。

「親というのはそういうものなのですね」

ダリアも小さく笑っている。

「前にも話したことがあると思うけど、僕は子供だった頃——八歳の時、親に魔法騎士団に売られたんだ。そこで出会ったのがダリアとその旦那のバーニオで、二人は地属性の魔法使いの先輩として何くれとなく僕の世話を焼いてくれた。魔法の制御の仕方を教えてくれた。活性化させるより鎮静化するほうが難しかったから、すごく助かった」

「そうなの……」

「あの時、ダリアは何歳だったっけ？」

「十九でした」

彼女はおっとりした顔と口調で答えた。

「バーニオと結婚したばかりの頃でした。二人で毎日暴れ回るエルドのお世話をすることで、かえってきずなが深まったように思います」

「そう？ 僕はどういう反応をしたらいいんだろう、それ」

「当時は必死でしたが、充実していましたよ。なんだか人間らしかったですね。夜眠る前にエルドの寝顔を見てほっとしていました。それまでいかに効率よく魔法で人間を殺すかばかり考えていたので、こんな私たちにも人間を育てることができるんだわ、と。だから、エルドの成長が生きがいだったんですよ」

そこでふと、彼女の瞳が曇る。

「この子がたった十二歳で前線に連れていかれた時、とてもつらかった。その頃には魔法騎士団の幹部たちはみんなエルドの魔力量のことを把握していたので、この子一人で国をひとつ滅ぼすことも可能なんだと言われて、ずっとしました。でも、私たちも卑怯で……、この子が戦ってくれたら多くの魔法騎士の命が救われるのではないかと思ってしまったのですね。可哀想なことをしました」

ネヴィレッタが悲しげな表情で軽く頷く。

「ありがとうございます、ネヴィレッタさん」

ダリアがまた、今度は深々と、頭を下げた。

「あなたがこの子を人間として扱ってくれてとても嬉しいです。親として、心から感謝します」

第4章　フラック村での暮らしⅠ

1

ヘルミナ姫とダリアがメダード王国から乗ってきた豪華な馬車は、六人乗りだった。座席は前後に三人ずつ向かい合わせになる形だ。前に座る人は進行方向とは逆向きになるので、酔ってしまいそうで心配になる。けれど、実際にそちら側に座っているダリアは涼しい顔をしている。ネヴィレッタが思っているより平気なのか、ダリアが鍛えられているのか。

馬車は六人乗りだが、今はヘルミナ姫、ダリア、ネヴィレッタの三人しか乗っていなかった。

最初フナル山まで一緒に来た侍女は、ダリアのほかに二人いた。だが、ヘルミナ姫をガラム王国側に引き渡すと、さっさと帰っていってしまった。これが一国の王女の扱いか。百人単位の花嫁行列を組んでもいいはずなのに、ヘルミナ姫が実家で愛されていない証(あかし)だろうか。

厄介払い、という言葉が頭に浮かぶ。追い出される形になるらしいヘルミナ姫が悲しい身の上なのはもちろん、送り付けられた先ということになるレナート王子まで蔑まれているようで、気分の良いことではない。

フナル山のふもとの街を出て、二、三時間が過ぎた。けれど、馬車の中での会話はない。三人とも沈黙していて、馬車をひく馬たちのひづめの音だけが聞こえていた。

ヘルミナ姫にどう話し掛けたらいいのか、わからなかった。

ネヴィレッタはもともと人付き合いが苦手だ。聖女の力を頼ってきた人間とはまともに会話できるが、一過性のやり取りだからできることだ。エルドには、よく初対面の人と会話できるものだ、と言われる。しかし、世の中にはいろんなタイプの交流下手がいる。交流が続くことが想定される人間だと、この先嫌われることのないように、と緊張してしまう。今後もレナート王子を介してやり取りする機会があるに違いない、と思うと、ネヴィレッタからヘルミナ姫に話し掛けることができない。

隣に座るヘルミナ姫を、ちらりと盗み見た。

薄紅色の長い睫毛、赤紫に近いピンク色の瞳、真っ白な肌――珍しい色合いだからか、なんとなく神秘的に感じる。昨日はおびえて泣き続けていた少女と同一人物だとは思えない。少女、といってもすでに十九歳でネヴィレッタと同い年だが、大きな瞳と小柄な体格のために十五歳程度に見えた。まるで妖精のようだ。

不意にヘルミナ姫がこちらを見た。ばっちり目が合ってしまった。ネヴィレッタの心臓は跳ね上がったが、かといって目を逸らすのも不自然だ。

先に目を逸らしたのは、ヘルミナ姫のほうだった。

「すみません……わたくし、下品ですよね……」

突然そんなことを言われて、ネヴィレッタは「えっ」と呟いて首を傾げた。何もしていないのに、急にどうしたのだろう。

「なにかありましたっけ？」

「いえ、あの……気づいていないようでしたらいいのですが……」

口ごもるヘルミナ姫に助け舟を出したつもりか、ダリアが口を開く。

「姫様はネヴィレッタさんの素敵な髪色にご興味があるようです」

ネヴィレッタは自分の胸のあたりに無造作に垂らしている髪の毛先をつまんだ。オレーク一族の夕焼け色の髪は、頭頂部が地平線に落ちゆく太陽の金色で、毛先が夜のとばりの紫色をしている。王都にいた時は家族がみんな同じ色味をしていたのであまり珍しいとは思っていなかったが、フラック村に移住してからは奇異の目で見られることもある。

「じろじろ見てしまってごめんなさい」

そう言って縮こまったヘルミナ姫に、ネヴィレッタのほうが慌てた。

「わたしこそ、姫さまを観察しているようで、ぶしつけでなかったかどうか……！」

ダリアが穏やかな声で「お互いさまですね」と言う。

「あの……、姫さまの御髪、素敵だと思います。こういう色のお花、ありますよね。なんだかすごく、こう……、あの、その、言葉を選ばずに言えば、ですけど……、あの、可愛いと……思います……」

一国の王女相手に何を言っているのだろう。声がどんどん尻すぼみになっていく。最終的に、ネヴィレッタは「すみません」と付け足してうなだれた。

「あっ、いいえ、その、とても嬉しい……です……」

ヘルミナ姫が言った。その頰が、ほんのり赤く染まっている。

「ごめんなさい。わたくし、聖女さまとどんなお話をしたらいいのか、わからなくって。聖女さまがわたくしに興味を持っていただけるのは、とても嬉しいです」

ネヴィレッタはさらに慌てた。汗をかきそうだ。

「聖女さまだなんて……、ただネヴィレッタとお呼びください！　わたし、侯爵家の生まれで、王族よりもっと格下で……それに聖女と言っても普段はエルドと料理ばかりして過ごしていて、たいしたことはしていないんです……！」

「本当に？」

ヘルミナ姫の手が、自身のドレスの腿を強くつかんでいる。彼女も緊張しているのだろうか。

ネヴィレッタと同じなのだろうか。

「では……、ネヴィレッタと呼んでもいい……？」

急に彼女を身近に感じた。

「もちろん」

ヘルミナ姫が、つぼみがほころぶように、花が開くように笑みを見せた。

「そう。よかった」

「わたくし、あなたが同い年だと聞いて、仲良くできたらいいな、って思っていたの」

ネヴィレッタは舞い上がった。急に彼女がいとおしくなってきて、抱き締めたい衝動に駆られた。幸か不幸か馬車の中で身動きを取りにくいのでやめたが、今度は別の意味で心臓が踊り出した。

「わたくし、城からほとんど出たことがないから、年の近い友達がいなくて……。みっつ上に姉がいるけれど、姉は魔法使いのわたくしを不気味に思っているようで、なかなか話し掛けてくれなくて……。でも、ネヴィレッタなら、ガラム王国の人で魔法使いだし、エルドとのエピソードも小耳に挟んだことがあって、きっと怖い人ではないと思っていたから……」

「ありがとうございます……！」

非常に親近感が湧いた。屋敷から出たことがなくて同世代の友達がいない、というのはネヴィレッタも一緒だ。姉妹に疎んじられているところも一緒だった。特定の集団の中で異質な自分だけが爪弾き(つまはじ)きに遭う、という点でも同じ境遇だ。

彼女となら、わかり合える。

ネヴィレッタは弾む声を抑えて言った。

「姫さまさえよかったら、お友達になってくださいませんか？　わたし、本当にどんくさい人間なので、いらいらされることもあるかもしれませんけど、姫さまのお話をお聞きするくらいならいくらでもできます」

人間には、話を聞いてもらえるだけで整理できる気持ちもあるのだ。

ヘルミナ姫が明るい笑顔で「ありがとう」と言った。

「嬉しい！　ガラム王国に来られて本当によかった。急に結婚させられることになってどうしようって思っていたけれど、うまくやれそうな気がしてきたわ」

ネヴィレッタも自分の顔に自然と笑顔が浮かんでいるのを感じた。

「大変でしたね、急に結婚することになるなんて。突然婚約の申し込みが来たのでしょう？　驚かれませんでしたか？」

そう訊ねると、ヘルミナ姫は頷いた。けれど、表情が曇ることはない。

「驚いたけれど、ちょっとほっとしたの。わたくし、こんなだから、死ぬまでお城のお部屋にいないといけないのかもしれない、って思っていたのよね。結婚することで外に出られるのなら、それはそれで、なんだか救い出されるみたいな気持ちになったのよ」

胸の痛む話ではあった。他に選択肢があれば、別の手段で城を出ることも可能だったのではないか。人質として身売りみたいに結婚させられるというのに、それしか希望がなかった、というのは聞いていてつらい。

だが、本人が前向きに捉えているのなら、第三者である自分が心配しすぎることもないのかもしれない。確かに、窮屈な家から出るためのいいきっかけになった、と解釈することもできなくはない。ネヴィレッタもエルドと暮らすためにフラック村に移住した身だ。

ヘルミナ姫が頬を染めて語っている。

「それに、その……、レナートさま、とても素敵な男性だわ。勇敢で、背が高くて、くっきりしたお顔立ちで、なにより素晴らしい魔法の使い手ね」

「そうかしら？」

エルドに人でなしと呼ばれていることは伏せたほうがよさそうだ。

「お怪我をさせてしまったことでご機嫌を損ねてしまったかもしれない、って思うと、ちょっぴり不安になるけれど……卑怯かもしれないけれど、国の情勢的にレナートさまがわたくしを突き返すことはないと思ってしまって」

「ええ、まあ、それはそうでしょうけど……」

「わたくし、このお方と結婚できるなんて、選び抜かれたお姫さまになれた気分、って思ってしまう」

ネヴィレッタまで頬が熱くなってきた。

「なんというか……、いわゆる一目惚れというものかもしれないわ……」

これが世間で女友達とするものと言われている恋愛話なのか。

照れくさくて叫び出しそうになる。

「ふふっ」

ダリアが正面で声を漏らして笑った。ヘルミナ姫が「もう、やめてよ、何を笑っているの」と文句を言うが、心底怒っているわけでもなさそうなので緊迫感はない。

「まあ、いいではありませんか。私のことは空気だと思って、続けてください」

「いやよ、恥ずかしい！」

急速に打ち解けた気がして、ネヴィレッタは嬉しくなった。これから先、うまくやれそうな気がしてきた。

2

フナル山とフラック村の間の街で、一泊宿を取って休憩することになった。初日である昨日の宮殿のように豪勢な宿とは違って、静かな雰囲気の温泉宿だ。といってもやはり王族を迎えるにふさわしく、シンプルに見えて細部までこだわり抜かれたしつらえだった。

ずっと同じ体勢で馬車に揺られていたネヴィレッタは、体を伸ばし、入浴もでき、落ち着いた夜を過ごせそうで安心した。

とは言え、馬車の中はそんなに退屈でもなかった。ヘルミナ姫と延々とおしゃべりをしていたからだ。

最初の印象とは打って変わって、ヘルミナ姫のおしゃべりがなかなか止まらないのには少々びっくりした。しかし、世間の十九歳の女の子というのはこういうものなのかもしれない。楽しかったが、普段はエルドとですらそんなに長時間会話しているわけではないため、ネヴィレッタは疲れてしまった。

ヘルミナ姫はその生い立ちに反して人懐っこいように感じる。初対面のネヴィレッタにも気さくに話し掛け、自分の身の上について何でもしゃべる。ネヴィレッタのこともあれこれ聞きたがるのは辟易(へきえき)した。だが、きっと友達付き合いというのはこういうものなのだろう。

人並みに同い年の人間と話ができてよかった。

宿の食堂でふたたび合流するまでは、そう思っていた。

食堂に入ると、エルドと再会した。

彼は馬での移動で別行動だったため、半日ぐらいぶりに顔を見る。朝方別れた時には黒い軍服を着ていたが、今はちょっと街に買い物に出る程度の用事で着るそれなりの普段着だった。すでにテーブルについていて、紅茶を出してもらったらしく目の前にティーカップとポットが置かれている。

そんなエルドの隣に、ヘルミナ姫が座っている。

ネヴィレッタは眉間にしわを寄せた。

彼女は楽しそうにきゃらきゃらと声を上げて笑いながらエルドの腕をつかんでいた。

そして、もう片方の手を自分の頭の上へ動かした。

手が頭に触れると、そこに、シロツメクサに似た丸くて小さな白い花が咲いた。

どこからともなくぽんと髪の上に現れた花に、ネヴィレッタは驚いた。これが花咲か姫の魔法か。

エルドが腕を伸ばした。

彼の手が、ヘルミナ姫の頭を撫でた。

ヘルミナ姫の頭の上で、ぽんぽん、ぽんぽん、と複数同じ花が咲いた。頭の上に乗り切らず、いくつかはこぼれ落ちて床に転がった。これはおそらくエルドの魔法だ。

何とも言えず幻想的な光景で、おとぎ話のようだった。

二人ともあかの他人だったら、ネヴィレッタは微笑ましく思っただろう。花を咲かせて遊ぶだけの無邪気な魔法使いたちの姿に、基本的には争いを好まないという地属性らしさを見て取って気持ちがなごんだことだろう。

だが、ネヴィレッタは眉間のしわを取れなかった。

向かい合って、頭を撫でては花を咲かせて魔法で遊ぶ——ロマンチックで、まるで恋人同士のようではないか。

前言撤回、ネヴィレッタはヘルミナ姫と仲良くなれないかもしれない。

ヘルミナ姫がエルドの頭に手を伸ばすと、エルドの頭にも同じ花が咲いた。

「ちょっと」

自分でも想像していなかったほど、それこそ生まれて初めてかもというくらいに低い声が出た。

エルドとヘルミナ姫が、こちらを向いた。

二人はネヴィレッタが今どういう心境かわかっていないらしい。ヘルミナ姫は笑顔で「ネヴィレッタ！」と名を呼び、エルドも何でもない顔で「お疲れ様」と言った。

「何をしていたの？」

何もわかっていないエルドが「暇つぶし」と答えた。しかし、ネヴィレッタの気持ちを慮って離れたわけではなさそうだ。変わらぬ嬉しそうな顔でネヴィレッタに駆け寄ってくる。

ヘルミナ姫がエルドから離れて立ち上がった。

「見て見て、可愛いでしょう？　エルドが教えてくれたの。魔法はこんな使い方もできるのね」

「そうですね」

冷淡な声が出てしまった。

「エルドは天才ですから、地属性の人が使える魔法なら何でもできるんでしょうね」

「本当にね！　素晴らしい才能だわ。素敵よ。出会えてとっても嬉しい！　すごく勉強になる。もっといろいろ教えていただきたいわ。もっとエルドと一緒にいたい！」

「そう。どうぞ」

ネヴィレッタの様子の変化にようやく気づいたらしい。エルドが「何かあった？」と問い掛けてくる。

「ご機嫌斜めみたいだけど。ネヴィレッタがそういう雰囲気なの、珍しいね」

エルドに指摘されてから、ネヴィレッタはようやく自分が今ひとから見てわかるほど低い声に冷たい態度で怖い顔をしているのを認識した。

急に自分がとてつもなく恐ろしくまがまがしく醜い化け物になったような気がしてきた。

これが、嫉妬か。

そんなに怒らなくてもいいではないか。抱き合っていたわけでも口づけしていたわけでもないのに、何がそんなに不愉快なのか。二人とも長い間孤独だった魔法使いだ。めったに出会えない同じ属性なのだ。それが魔法を見せ合って遊んでいたというだけの話だ。何でもない戯れで、なんなら実家にいた時兄と妹も火属性の魔法使い同士で似たような遊びをしていたのを見掛けた記憶がある。エルドとヘルミナ姫は兄妹のようなものなのだろう。それをとがめるなんて、自分はどれほど冷酷な人間なのか。

ただ花を咲かせるだけの魔法なのに、何重もの意味が込められていて、心底つらい。

視界が滲んだ。

自分の中にこんなにも醜い感情がある。

自分自身の感情が受け入れがたい。

消えてしまいたいほどのショックだった。

「……ネヴィレッタ？」

エルドが立ち上がった。涙でかすむ景色の中で、彼もにわかに表情を曇らせていた。

「どうした？　何があった？」

「何でもないわ」

そう言った途端、ほろりと一滴だけ涙のしずくが落ちた。

「何でもないの。ただ自分がすごく心の狭い人間なのに気づいてがっかりしただけ」

不意にヘルミナ姫が抱きついてきた。ネヴィレッタの体を強い力で締めつける。

「どうしてしまったの？　何がそんなに悲しいの？　何でも話して。わたくしたち、友達でしょう？」

彼女を抱き締め返すことができなかった。それがますます自己嫌悪を募らせていく。

彼女はきっと深い理由なく簡単にひととの距離を詰めるタイプの人間なのだろう。

エルドがべたべたと体に触られることを嫌っているので、ネヴィレッタは決して自分から彼に抱きついたり手をつなごうとしたりしないようにしていた。口づけをせがんだこともない。ずっと微妙な距離感を保って付き合ってきたのだ。

それをあっさり乗り越えてしまうヘルミナ姫が憎くて、そして、無邪気な彼女を憎いと思う自分の狭量にますます落ち込んでしまう。

「姫様」

後ろのほうから声が聞こえてきた。ダリアの声だ。彼女の声もいつもより少し低い。

「ネヴィレッタさんから離れなさい」

「どうして？」

ヘルミナ姫はネヴィレッタを抱き締める腕の力を緩めつつもすぐには頷かなかった。

「だって、心配ではないの。こんなにつらそうなのだから、慰めてあげないと」

「姫様。いけません」

教育係の怖い声にたじろいだようだ。ヘルミナ姫が、ゆっくり離れる。

「エルドの隣には私が座ります。あなたは上座のほう、端のほうに一人でお座りください」

「そんな……どうして?」

「後で説明してさしあげます。ですが今はしばらく一人でお考えください」

そこまで言うと、ダリアは足早にエルドの隣に行った。

そして、無言でエルドの頭を叩き、白い花を床に落とした。

二人の魔法で生まれた白い花は、みんな綺麗に消えてしまった。これはダリアの魔法だろうか。

「いった。何するの」

「おバカ。いくつになったら大人のわきまえた男性になるのですか」

ネヴィレッタは胸を撫で下ろした。ダリアの態度から、ネヴィレッタの怒りは正当なものではないかと思えてきたからだ。わかってくれるダリアのありがたみを感じる。

「あなた一人ですか? 他の男性陣はどうしましたか」

ダリアのおかげで話が変わった。

「レナート殿下の近衛武官と事務官、それから魔法騎士団の幹部が警備について話し合いをしてる。僕は面倒なので抜けてきた。そういうのは官僚の仕事であって壁に穴を開けに来ただけの民間人がすることじゃないからね」

「民間人とはこれまた自覚のない」

「ダリアまでそんなこと言う？　まあとにかく、たぶんみんなすぐ来ると思うよ」

「そうですか。では待ちましょう」

四人とも席についた。なんとなく気まずい空気が流れてはいたが、最悪の状況はダリアのおかげで回避できた気がした。

3

レナート王子が宿の食堂に到着して、彼とヘルミナ姫、エルドとネヴィレッタ、そしてダリアの五人での晩餐（ばんさん）になった。

料理はおいしかった。地元最高品質の産地直送食材を使って作った郷土料理だった。味付けこそ地元の庶民の間で受け継がれてきたレシピらしいが、王都で修業を積んだ熟練の調理師が手掛けたとのことだ。給仕も一流で、もてなしとしては王族を接待するにふさわしい、文句のつけようのないものだった。

しかし、ネヴィレッタは、途中から味がわからなくなるほど緊張してしまった。

レナート王子とヘルミナ姫の間の微妙な空気が怖かったからだ。

ヘルミナ姫はずっとあの調子で、食べ始めてから途切れることなくしゃべりどおしだった。興奮していたのだろう。馬車の中でも話していたとおり、彼女はレナート王子を気に入っているようだった。

一方、レナート王子はそんな彼女に付き合わされている感じだった。大人の男性として、一国の次期国王として、淑女に失礼のないよう話を合わせている。彼のその穏やかで理知的な振る舞いは、ネヴィレッタをからかいエルドに人でなしと呼ばれている普段の傍若無人ないじめっ子の雰囲気ではなかった。ガラム王国の庶民が愛している賢い王子様のそれだった。

途中までは、の話だ。

「レナートさまはどんな季節がお好きですか？」

「ローリアではどんなお芝居が流行っていますか？」

「ガラム王国で一番有名なお菓子屋さんは何というお店ですか？」

「この料理のお魚はローリアでも食べられますか？」

「わたくしには何色のドレスが似合うと思いますか？」

容赦ない、しかもたいして内容のない話題での質問攻めに、ネヴィレッタとエルドはもちろん、ダリアも閉口していた。

「姫」

食後のデザートが運ばれてくる頃には、さすがのレナート王子も面倒になってきたらしい。彼はもともと熱心にひとの世話を焼くタイプの人柄ではない。正直なところ、ネヴィレッタは、よくここまでもった、とすら思ってしまった。

「さぞかしお疲れだろうから、デザートを召し上がったらすぐにでも休まれるといい」

暗に、とっとと食べてとっとと寝ろ、と言いたいのだろう。しかしそれがヘルミナ姫には伝わった感じではない。彼女はにこにこしながら「ありがとうございます」と言った。

「あ、でも、先ほどデザートは三種類から選べるとおっしゃっていましたわ。わたくし、お芋のパイにしようかしら、かぼちゃのムースにしようかしら。レナートさまならどちらになさいます？ わたくしの分もあなたさまに選んでいただきたいです！ ねえ、わたくしにはどちらが合うと思います？」

レナート王子の堪忍袋の緒が切れた。

「そんなことも自分で判断できないのかね」

他の三人が凍りついた。

「君、ガラム王国に何をしに来た？ 観光？」

いつもはひょうひょうとしてつかみどころのないレナート王子が、露骨に不快感を示す。大きな政治的局面でも冷静で平然としていた彼が、そのエメラルドの瞳ではっきり不機嫌を表現した。こんな彼は、少なくともネヴィレッタは今まで見たことがなかった。

ヘルミナ姫もようやく自分の言動がまずいことに気づいたようだ。うっすら口を開いたままではあったが、しゃべるのをやめ、レナート王子をまじまじと見つめた。

「国や都や私に興味を持っていただけるのはありがたいが、ご自身の目で見て状況を把握していただきたい」

「わたくし……何か怒らせるようなことを……？」

ヘルミナ姫がショックを受けているのは明白だった。だが、レナート王子の特技は弱っている相手の隙をついて舌鋒を叩き込むことだ。

「その大きなガーネットのおめめにはいったい何が映っているのやら。その調子ではご実家でも周囲の人々がさぞかし気を揉んでいたことだろう」

大きなガーネットの瞳に、涙の膜が張った。

ネヴィレッタは意を決して口を出した。

「ちょっと、殿下」

これは言いすぎだ。彼の言い方だと、メダード王国の彼女への冷たい扱いは彼女に非があるせいになってしまいかねない。確かにちょっと空気が読めないようだが、彼女の実家が彼女を疎んじていたのは生まれつきの特殊な魔法のせいであり、彼女の性格のせいだとは聞いていなかった。

家族に嫌われる原因をどうこう言われる痛みには、ネヴィレッタは我慢できないのだ。

「どうしてばっさり斬って捨てるようなことをおっしゃるのですか。姫さまは殿下にお近づきになりたい一心であれこれお話しくださっているのに。政略結婚なのに婚家のことに興味を持っていただけるのはいいことだと思います、観光なら観光でお付き合いなさってください」

「言うようになったね、ネヴィレッタ」

矛先がこちらを向いた。ネヴィレッタはごくりと唾を飲んだ。

「いつもエルドの後ろに隠れてもごもご言っていただけの君がこの私に楯突く(たてつ)とは、ずいぶん強くなったではないか」

「それは、わたしは、聖女ですから。レナート殿下のような圧倒的な強者から弱者を守るのは当然のことです」

「他人のことには熱心なのだな、自分のことは何もできないのに」

その言葉が胸に突き刺さった。

彼の言うとおりだ。今はヘルミナ姫のためだと思っているから奮い立っているのであり、自分がヘルミナ姫と同じ立場だったらやはり泣いていたことだろう。良くも悪くもヘルミナ姫が他人で自分は第三者だからこういうことを表明できるのである。

「そこまで言うのならば聖女としてもっと働いていただこうかな。やってほしいことは山ほどある」

ネヴィレッタは黙った。今でもまだ物々交換が主流のフラック村の経済活動に手を貸すのとは規模が違う、とんでもない国家行事が降ってきそうだった。嫌だ。やりたくない。余計なことを言ってしまったと思い、うつむいた。

「……すみません」

ネヴィレッタがそう言って縮こまると、レナート王子はネヴィレッタから興味を失ったように視線を逸らした。

ところがその視線を移した先にヘルミナ姫がいた。

「……そんなに泣くのか」

ネヴィレッタもヘルミナ姫を見た。

彼女の大きな瞳からぼろぼろと涙がこぼれ落ちていた。

レナート王子が呆然としている。想定外だったのだろうか。思い返せば、彼の周りの女性といったら、セリケを筆頭とした魔法騎士団の女騎士ばかりだ。ローリア城の舞踏会に来る貴族女性もみんな相当したたからしい。聞くところによると、彼の母親である王妃もかなり気が強く、夫であるあのバジム王に堂々と意見していたそうだ。

「私の周りで最弱はネヴィレッタだったのだが、記録更新か」

ダリアが深い溜息をついた。

「泣いてなどおりません」

ヘルミナ姫がそう言うと、流れる涙が小さな白い花びらに変わった。はらはらと舞い落ちる様子は神秘的だ。

「涙など流れておりません」

痛々しくて見ていられない。

「もう寝たら？」

口を出したのはエルドだった。つっけんどんな、取りようによっては冷たく感じる物言いだったが、この場から逃げても大丈夫だ、という優しさから出た言葉である。ただ、ネヴィレッタは彼の性格を熟知しているからそうと解釈できるのであって、昨日今日に知り合ったばかりのヘルミナ姫はそうはいかない。

「わたくし……いないほうがいいかしら……」

「いや、そういうわけじゃ……ないんだけど……」

ダリアが立ち上がった。

「姫様、今日はもう下がらせていただきましょう。休ませていただきましょうね」

エルドの発言と同じ意味だったが、ニュアンスが違うだけでこうも優しくなる。ヘルミナ姫は花びらを散らしながら大きく頷いた。

「デザートはどうする？」

レナート王子が言った。このタイミングでそれは意地悪だ。怒りを感じたが、言語化できなかったネヴィレッタは、ただ、「もう！」とだけ言った。

「僕が食べるよ」

ダリアが「エルド」とたしなめた。

「こういう時は食べないのですよ。包んでもらって、お部屋かどこか別の場所でいただきなさい」

優しく叱られてしまい、エルドが「はい」とうなだれた。

ダリアがヘルミナ姫を連れて食堂を出ていく。

空気は最悪だ。残った三人ももうこの先楽しくおしゃべりできない。ネヴィレッタはデザートを食べる気になれなかった。ダリアの言うとおり、無限にお腹がすくエルドだけが自室でこっそり食べればいい。

レナート王子がテーブルに肘をついて頭を抱えた。いつも完璧なマナーを実践している彼にしては珍しい。初めて見るかもしれない。

「さすがの私もちょっと言いすぎた気はしているが、しかし……、ああいう子を社交界に連れていくのかと思うととても不安だ」

「まあ、僕もちょっと心配だけどさ」

エルドがレナート王子をちらりと見る。

「ひととの距離感がつかめない子なんだよ。甘え方を間違えてる。今まで甘えさせてもらえてなかったんでしょ」

ネヴィレッタはびっくりした。なるほど、そう言われてみればそんな気もする。エルドは、普段は他人に興味がなさそうなふりをしているくせに、案外わかっているのだ。もっと言えば、先ほど魔法で花を咲かせて遊んでいたのも、エルドがヘルミナ姫のそういうところを見抜いていたからかもしれなかった。甘えさせてあげたのだ。他の人間にするように冷たくあしらうことができなかったのだろう。

「優しい言葉で遠回しに甘えすぎるなって言って地道にちょっとずつ距離の取り方を教えてやるべきなんじゃないの」

ネヴィレッタは安心した。やはりエルドは信頼できる。

レナート王子が溜息をつく。

「今まで求められたことのない配慮を求められているようだ」

確かに、彼にそんなことをさせようとする人間はガラム王国にはいない。

「すでに若干婚約破棄したい気がしてきているが、本気でやってしまったら国際的に大変なことになる。エルドの言うとおり、地道に教育してやるしかないのか？」

「夫婦とは対等な立場であるべきなのですから、一方的に教育してやるという捉え方は適切ではないです。でも、まあ、そうしていただくのが一国民であるわたしの望みですね」

「言ってくれるね、ネヴィレッタ」

エルドが「この先が思いやられる」と言ってメニュー表のデザートの項目を眺めている。結局食べる気なのだろうか。彼の神経の太さもなかなかのものだ。

「ダリアは殿下とヘルミナの魔法の相性がいいって言ってたけど、魔法だけ相性が良くても同居生活はできないよね。僕の目線だと殿下とヘルミナは正直水と油かというくらい性格が合わないんだけどさ」

そこで、ネヴィレッタははっとした。フナル山でレナート王子が見たことのない魔法を使っているのを思い出したからだ。あの時護衛をしてくれていた水属性の魔法騎士がレナート王子は水属性の魔法使いだと言っていたが、ネヴィレッタが接したことのある魔法騎士の中にはあんな魔法の使い方をする人はいない。そもそも、水を操っているように見えない水属性の魔法使いとは何か。

「そういえば、殿下も魔法を使われるのですね」

おそるおそるそう話し掛けると、レナート王子が冷静な顔で答える。

「腐ってもガラム王国の王族だからね」

間抜けな質問をしてしまった。いまさら何を言っているのだろう。ガラム王国における王侯貴族は全員魔法使いだ。貴族たりうる条件がすなわち魔法使いであることと言ってもいい。だから魔法を使えないと思われていたネヴィレッタが貴族の中ではあってはならない存在として爪弾きにされていたのである。

ガラム王国の魔法使いの頂点に立っているのはバジム王だ。彼は火属性の魔法使いで、オレーク侯爵家とも遠い親戚である。

一方、レナート王子は水属性の魔法使いに分類されている。

「お母さまが水属性の魔法使いだったんですか？」

「まあ、母がラニア公爵家の出というのはそうなのだが——」

ラニア公爵家というのは、水属性の魔法使いを輩出する魔法騎士の家系で、現在魔法騎士団の水属性部隊の隊長のセリケもこの公爵家の娘である。

「私はどうやら突然変異のようだ。母とは魔法の発現形式がまるで違う。この力がどこから来たのか私自身もわからない」

勇気を振り絞って訊ねた。

「どのような術式を……？」

レナート王子は一瞬目を細めた。刺されるような目つきだと感じたので、ネヴィレッタは少し怖くなった。しかし、友達であるヘルミナ姫に関わることだ。もしかしたらガラム王国の国民としても知っておいたほうがいいことかもしれない。

それにしても、言いにくいことなのだろうか。自分の魔法について語りたがらない人間は、エルドに続いて二人目だった。おそらく、レナート王子は自分の魔法を気に入っていない。

「私の場合、水分を放出するのではなく、吸収する。私が魔法を発現させながら物に触れると、水分がなくなる」

分厚い多肉植物が、しおれ、倒れた。

「乾燥して、崩壊する」

知っていたのだろうか、エルドは驚いていない。

「自分のそういう特性を知らなかった子供の頃は、城内にあった鉢植えを片っ端から枯らして遊んでいたものだ。挙げ句の果てには、城の井戸を干上がらせたことがあってね」

緑と川に囲まれた楽園ローリアを砂漠にしてしまうかもしれないということか。恐ろしい魔法だった。

「それに気づいた母は、私が魔法を使うたびに私を鞭(むち)で打った。そのうち私は魔法を使うのをやめた」

第三者であり一国民であるネヴィレッタからすると、王妃の対応は正しい、と思ってしまう。彼はあんなに簡単に巨大な多肉植物を乾燥させた。そのうち動物をミイラにするかもしれない。そう思うと、彼から魔法を取り上げたほうがいい。そんな魔法など使えなくても、彼は学問も武芸もよくできるし、常に従者たちにかしずかれて暮らしている。不便なことはないはずだ。

「……最初に聞いた時、とんでもない話だと思ったけどね」

エルドがぽつりぽつりと語り出す。

「十代の頃って、魔力を持て余すと、大変だったもんね」

こういう言い方をするということは、レナート王子もエルドほどではないにしてもそれなりに魔力が強いほうなのだろう。自分の魔力の使い方がわからず、ぼんやり過ごしてきたネヴィレッタには、わからなかった。

彼は魔法を使うたびに否定され続けてきたのだろうか。彼のこういうねじ曲がった性格はそういうところに原因があるかもしれない。

魔法というものがこの世から消えてしまえばみんな楽になるだろうにと、思わざるを得ない。

「もうみんな魔法使いなんてやめちゃえよ」

エルドが呟いた。あまりにも重い発言に、ネヴィレッタは何も言えなかった。

第5章　フラック村での暮らしⅡ

1

「帰った、ですって?」

フラック村に護衛として滞在している例の水属性の魔法騎士たちにそんな話を聞かされて、ネヴィレッタは愕然(がくぜん)とした。

ようやくフラック村の領主館にたどりつき、荷物をおろして、ひと息つけた、と思ったところで、これである。

「え、レナート王子、本当に、ローリアに帰ってしまわれたのですか?」

魔法騎士のうちの一人が「はい」と頷く。

「ヘルミナ姫を置いて?」

また、「はい」と頷く。

ネヴィレッタの頭の中で、雷鳴が轟(とどろ)いた。

レナート王子は魔法騎士団の人々とともに乗馬で移動していた。その分馬車より早くフラック村についたのだ。それで、ヘルミナ姫の馬車を待たずに、また馬で出ていった、ということらしい。

「姫さまは今どちらに?」

「応接室にいらっしゃいます」

「すぐにまいります」

理屈ではわかっている。

レナート王子はひまではない。ローリアに帰れば膨大な量の仕事が待っている。

元敵国のメダード王国から花嫁を迎え入れるにあたって、おもしろくないと騒いでいる連中がいる。そんな中でヘルミナ姫をローリアに入れるのは危険だ。警備を強化しなければならないだろうし、できれば危険分子をある程度捕まえてなんとかしておいたほうがいいだろう。

だが、それは、ヘルミナ姫に挨拶もせず出ていかなければならないほど急ぎだろうか。

観光客が来るのもまれなほど小さな村だが、領主館には王族が外国の使節を迎え入れても大丈夫なほどに調度品を設置している部屋がある。そのひとつの応接室に、ネヴィレッタは早足で向かった。

扉は半開きになっていて、中からヘルミナ姫のすすり泣きとささやくようなダリアの声が漏れ聞こえてきていた。

中に入ると、ヘルミナ姫は天鵞絨(ビロード)のソファに座って両手で顔を覆っており、そのすぐそばにダリアが膝立ちになってヘルミナ姫の肩をさすっていた。

「ネヴィレッタさん」

　ダリアがネヴィレッタに気づいてこちらを向いた。ヘルミナ姫も顔から手を離してネヴィレッタのほうを見た。泣き腫らした真っ赤な顔をしている。ネヴィレッタは心が痛んで思わず自分の胸を押さえた。

「聞きました。レナート王子、姫さまの顔も見ずにローリアに帰られたのだそうですね」

　ネヴィレッタのその言葉に、ダリアが「ええ」と頷いて溜息をついた。

　ヘルミナ姫はもう涙も涸れるほど泣き終えたところらしい。すすり上げるばかりで、涙は止まりつつある。

「嫌われてしまったのだわ。わたくしがバカだから……」

　ダリアが苦笑して言った。

「何度も申し上げたではありませんか。大丈夫ですよ。殿下はお忙しいだけなのです。それに、それもこれもすべて姫様を安全にお迎えするため。王都で準備を整えておいでなのです」

　しかし、ネヴィレッタは直感していた。

　今のヘルミナ姫が欲しいのは、たぶん、そういう言葉ではない。

「こんな露骨な態度に出られるなんて」

　大人として正しい反応はダリアのほうだろう。だが、恋い慕う男性に冷たい態度を取られた女性が欲しい言葉はそんな冷静なものだろうか。ネヴィレッタはつい先日ほかならぬヘルミナ姫がエルドといちゃついているのを見た時にいろいろ考えたものだ。ダリアが冷静なら、ネヴィレッタはヘルミナ姫と一緒に熱くなってしまおう。

「おとなげない方ですね！　姫さまは他にどうもできないのに」

ひとのことになるとこんなにも素直に怒れる。けれど、ネヴィレッタはそんな自分がわりと好きになっていた。

「見損ないました。あの方には情というものがないのですよ」

ヘルミナ姫が震える小さな声で「そこまで言わなくてもいいわ」と言う。

「だって、わたくし、本当はわかっているの……」

「何がですか」

「いつどんなことがきっかけで会いたい人に会えなくなるかわからないから、機会ができた時に今しかないと思って全力で寄りかかってしまうの……。それでうっとうしがられてしまう……いつもそうなの……」

自覚はあったようだ。思っていたよりも的確な自己認識をしている。

「わたくし……いつも嫌われてしまうの……。魔法のせいだと思っていたけれど、大陸で一番の魔法大国であるガラム王国でもこういう扱いだということは、魔法のせいではなくてわたくしの人格に問題があるのだわ……」

「そんなことおっしゃらないで」

ネヴィレッタもヘルミナ姫の前にひざまずいた。

「姫さまは魔法に振り回されているからご自分を保てなくなっているのです。魔法をコントロールできるようになったら、すべてがまったく変わります」

自分でそう言ってから、はっと我に返った。

すべて自分自身に跳ね返ってくる言葉ではないか。

ネヴィレッタは安心した。今のネヴィレッタは昔のネヴィレッタをそういうふうに自己評価しているのだ。無意識だったが、認識できてよかった。

魔法があっても、なくても、魔法に振り回されない状況さえ手に入れれば、きっと世界が変わる。そして、世界の見方が変われば、きっと呼吸が楽になる。

それが、エルドと二人きりで村で魔法と無縁な暮らしをして得た、ネヴィレッタの答えなのだ。

これでもっとしっかりヘルミナ姫に向き合える。

「そうかしら」

「そうですよ」

ヘルミナ姫の肩から力が抜けた。

「わたくしが魔法をコントロールできたら、レナートさまはわたくしのことを好いてくださるかしら」

「あまりこういうことは申し上げたくないのですが。実はレナート殿下は、姫さまがどうこうというのではなく、側近みんなをかなりぞんざいに扱われる方なんです。だから、深く気にしないほうがいいですよ。下々の者には表向き寛容な王子として振る舞いますが、周りの人間は殿下のせいでひどい目に遭っています」

真顔で言ってしまった。けれどヘルミナ姫は笑ってくれた。よかった、笑顔を見せてくれた。ついついレナート王子の悪口を言ってしまったことになるが、何を言っても馬耳東風の男なのでちょっとぐらい構わないだろう。

「それに、ダリアさんの言うとおり、お忙しいのも本当です。殿下はガラム王国のすべてを一身に背負っていらっしゃると言っても過言ではないので、ご多忙ではあります。ですから――」

ふと、苦笑する。

「それを、ヘルミナ姫さまが王妃として分かち合ってくださったら、民であるわたしは安心なのですけれど」

ヘルミナ姫がこくんと頷いた。

「わたくし、がんばるわ。この程度でめげない」

「いい心意気です」

「でも今日はなんだか疲れてしまったわ。泣きすぎたのかも。ちょっと休憩させてくださると嬉しい」

「もちろんです、フナル山からここまで来るのにも大変だったでしょうから。いえ、姫さまの場合はメダード王国の王都からフナル山に来るまでの道のりもあったでしょうし」

「そう言ってくれると助かるわ……本当にありがとう。今日は寝るにはまだちょっと早すぎるけれど……」

ネヴィレッタは立ち上がり、改めて微笑んだ。

「気分転換に村の中を散策しませんか？　少しこのへんを歩いて、すぐ戻られるのがよろしいかと」

ヘルミナ姫がまた頷いた。

「ええ、そうする。案内してちょうだい」

「かしこまりました」

ダリアも「ありがとうございます」と言って頭を下げてきた。

2

ヘルミナ姫のフラック村滞在がどれくらいになるかはわからない。レナート王子が呼び出してくれなければ、何週間も何ヵ月もここにいることになるかもしれない。そうならないことを祈り、ほんの何日かでここを出ていくものとみて、いいところばかりを案内しようと思った。

領主館の正面玄関は南向きになっていて、外に出ると日光が直に降り注いでいるのを感じる。春が確実に近づいてきているのがわかった。

玄関からまっすぐの道が村の中心部のほうに続いている。教会と村役場があり、決まった曜日に市が立つが今日は休みだ。

教会でも案内しようかと思って一歩を踏み出した時、ヘルミナ姫が「あれは？」と声を掛けてきた。

彼女の視線の先をたどると、玄関から見て左のほう、東南の角にガラス張りの小さな部屋が見えた。

「あれは温室です」

「温室？」

「ガラスの屈折を利用して日光を集めて部屋の内部の温度を高めている部屋なのですって。このあたりの地方の貴族のお屋敷にはよくあるもので、もっと暖かい地域の植物を育てているのだとか。そう、前にエルドが言っていました」

ローリアの中心部は人口密度が高いので、こういう付属施設を作る家はない。ネヴィレッタもここに来て初めて見た。

「フラック村がメダード王国領だった頃には南洋の果物を育てていたと聞いたけど、レナート王子が領主になってからは経費削減の憂き目にあってしまって。今はエルドが村の庭師さんと共同でこそこそ何かを作っていると聞きましたが、彼にもプライバシーがあるだろうと思って、あまり根掘り葉掘り確認していないのです」

「入ってみたいわ。エルドが何を作っているのか見てみましょうよ」

「ええ？　あまり気が進みません、それでは何のために今まで見ないふりをしてきたのか……」

「いいではありませんか、生えているものをむしるわけではないし。夫婦なのに隠し事はなしでしょう。それに専業の庭師さんも手を加えて整えているなら、誰かが見て賞賛すべきだわ」

そう言われるとそんな気もしてくる。ヘルミナ姫もなかなか屁理屈（へりくつ）がうまいタイプなのではないか。レナート王子もそういうタイプだ。同族嫌悪で衝突しないことを祈る。

「絶対に中のものに触らないでくださいよ。エルド、農作業を邪魔すると本当に怒るんですから」

ヘルミナ姫はへらへら笑っている。

「約束するわ、触らない」

彼女の可愛らしい笑顔には、逆らえない。

「かしこまりました。では、ちょっとだけですよ。エルドに見つかる前に出ますからね」

「はーい」

ネヴィレッタとヘルミナ姫、そしてダリアの三人で温室に近づいた。

出入り口は玄関側ではなく東側の側面にあった。ドアノブがついているが、鍵はかかっていないようである。金目のものはないからだろうか。

中はガラスの天井から入る光で室温がかなり高い。もしかしたらそのうち汗ばんでくるかもしれない。

三人は、真正面を見て、「あ」と呟いた。

温室の中には、横に細長い盛り土の畝がふたつ並んでいた。その畝に、緑の葉が茂り、無数の小さな白い花が咲き、ちらほらと赤い実がなっていた。

ヘルミナ姫が言った。

「いちごだわ！」

畝の盛り土と盛り土の間にしゃがみ込んでいた者がいる。ヘルミナ姫の声に反応して立ち上がったその人は、汚れた手袋をはめ、農作業用の麦わら帽子をかぶったエルドだった。

「げえ、見つかった」

彼は露骨に嫌そうな顔をした。

「ちょっと」

女三人で彼に詰め寄る。

「何をこそこそ作っているのかと思ったら、恥ずかしがるようなものじゃないじゃない」

エルドが首を横に振る。

「だめ……！　ここはナイショの畑なんだ、誰にも入らせないって決めてたんだから」

「どうして？」

「村の子供に知られたら片っ端から実をむしられるからに決まってるじゃないか！　ネヴィレッタのことだから絶対村のみんなで共有しようって言うんだ。そんなの嫌だよ、全部僕が食べるんだよ」

ネヴィレッタは吹き出した。

「わたしには食べさせてくれないの？」

そう言うと、エルドはたじろいだ。

「こっそり食べさせるつもりではいたよ。でも森の中で摘んだことにしようかと思ってた」

「わたしも摘んでみたいわ」

ネヴィレッタの言葉に、ヘルミナ姫が「わたくしも、わたくしも」と続いた。

「だから嫌だったんだよ」

エルドが肩を落とす。

「僕の畑なのに……僕が最初に摘んで食べたいのに……」

「いいわよ、では今摘んで食べて。二番目はわたくしね」

「図々（ずうずう）しいやつ」

エルドがまた畝の間にしゃがみ込んだ。

「僕もまだ摘んだことはなかったのに。記念すべきその日にはもっとちゃんとお祝いしたかったなあ」

「ぶつぶつ言っていないで早く摘んで。わたくし、早く食べたい」

「うるさいなあ、もう。だから嫌だったのに」

手袋をはずした。

よく熟れた赤い実をつまむ。花柄をぷつりとちぎる。へたをむしり取る。

自分の口に押し込む。

「あま」

「わたくしも！」

ヘルミナ姫がしゃがみ込み、服の裾が汚れるのも構わずにエルドの膝のあたりの高さにあるいちごをむしった。エルドが「あっ、こら」と止めようとしたが聞かない。

「おいしい！」

「うわっ、もう、本当に無神経」

ダリアが「まあまあ」とエルドをなだめる。

「たくさんあるのですから、何粒かくらい許してあげてください。足りなくなるようでしたら私が魔法で育てます」

ヘルミナ姫も「そうだ、わたくしも」と言う。

「わたくしが魔法でみんな花を咲かせてみんな赤くしてさしあげるわ」

「余計なことはしないでくれ！　そんなでいいならとっくに僕が一人で全部やってるよ」

確かに、魔法で作物を育ててもいいのなら、この中で一番魔力量が多いエルドが一瞬でやってのけていただろう。そのエルドがこだわってこだわってこだわり抜いて育てたいちごを、と思うと可哀想な気がしてくる。

「違うんだよ、ちゃんと少しずつ育っていくのが見たかったんだよ、こんなふうに志半ばで蹂躙させるために育てたんじゃないんだよ……」

「蹂躙だなんて大袈裟ね。それに放っておいたらみんな熟れて腐ってしまうわよ。わたくしが減らすのを手伝ってあげる」

ヘルミナ姫が目についたいちごを片っ端からもいで口に入れていく。エルドの畑を食い荒らす害獣である。

「させてください、いちご狩り」

いまさらながら、ダリアがそう言って許可を取ろうとした。エルドは溜息をついてから「もういいよ」と答えた。

「おっしゃるとおり、もとに戻したかったら魔法を使えばいいんだし。引っ越しの予定もないから、来年も同じ品種を育てられるだろうし……」

ネヴィレッタはほっこりした。

「いいわね、来年も育てましょう。その時は手伝わせてちょうだいね。それでわたしにも摘ませて、食べさせてちょうだい」

そう言うと、エルドはしぶしぶ頷いた。

「まあ……、いいよ。最終的にはネヴィレッタの食卓に並べようと思ってたんだから、それが予定より早まったんだと思えば」

彼はそのへんでひときわ大きな実をつまんだ。ぷちり、と花柄から切り離す。

おもむろに立ち上がった。

目が合った。

ネヴィレッタの唇に、赤い果実を押しつけた。

「食べて」

仕方なく口を開け、歯と唇と舌を使ってなんとかいちごを受け入れた。

甘い、だがほんの少しだけ酸味のある、果汁の味が広がった。

「おいしい……！」

ネヴィレッタがそう言うと、エルドがようやく笑顔になった。

「いくらでも食べさせてあげる。口を開けて」

「えっ、待って、それってエルドがわたしの口に運ぶということ？　わたしも自分で摘むわ」

「だめ。僕の犠牲の上に成り立っているいちご狩りなんだから僕の言うことを聞いてもらわないと割に合わない」

「何を言って……、ちょっと――」

エルドがふたたびネヴィレッタの口にいちごを押し込む。そんな二人の様子を見つめめて、ダリアはずっとにこにこと微笑んでいた。

3

小麦粉の生地をオーブンで焼いた時の、甘くて香ばしいにおいがあたりに漂った。テーブルについて待っていたエルドとヘルミナ姫が、「わあ……！」と感嘆の声を上げた。

「はい、お待たせしました。みんなで食べましょうね」

スコーンを山盛りにのせた大皿を持っているダリアが、優しい笑顔で言う。ネヴィレッタも自分の顔がほころんでいくのを感じた。

みんなでいちご狩りをしたあと、昼食兼午後のティータイムのお茶請けとして、ダリアがスコーンを焼いた。残ったいちごも、色づいていたものはすべて摘んで、ジャムにしてある。

焼きたてのスコーンに作りたてのいちごジャムを塗って食べる――こんなに幸せなことはそんなにないと思う。素人のダリアの手料理だが、今の自分たちにとっては何にも代えがたいご馳走だ。

まだ温かいスコーンをふたつに割って、ジャムを塗った。ぱくりと口に入れれば、まずはジャムの甘酸っぱい味、それからスコーンのバターの塩味がする。どんな言葉でも語り尽くせないほどおいしい。

「おいしーい！」

ヘルミナ姫が無邪気に言う。

彼女はまるで王女とは思えないほど指をジャムで汚していたが、ネヴィレッタはそれに気づいても特に何も言わなかった。あたりに撒き散らしているわけではないし、それだけ夢中になっているというのが微笑ましくも感じたのだ。

ところが、それをエルドが指摘した。

「ほら、指、でろでろ。後でちゃんと洗いなよ」

そう言って彼はヘルミナ姫に清潔な濡れ布巾を差し出した。

受け取ったヘルミナ姫が、しゅんとうなだれる。

「わたくし、だめね。一人だった期間が長いせいかしら、ちょっとだらしないわ。メダード王国にいる時はダリアでも食事まで一緒にできることはほとんどなかったから……」

ダリアが「姫様……」と呟いて視線を下に落とした。

「こんなことで王妃としてやっていけるのかしら。レナートさまにがっかりされてしまうわ」

みんな静まり返ってしまった。

その沈黙に耐えかねたヘルミナ姫が、明るく振る舞う。

「いちごジャム、おいしいわね！　ブルーベリーやラズベリーも合いそうだわ。確か夏の果物よね？　その頃には私も本格的にガラム王国で暮らしているかしら」

「あんまり無理しないようにね」

エルドが言う。

「いつでもここに逃げてきたらいいさ。僕はここでネヴィレッタとのんびり暮らしているから。多少は労働してもらうかもしれないけど」

「ありがとう」

ヘルミナ姫が、小さく頷く。

「でも、この村のこういう平和な生活を守るためにも、わたくし、立派な王妃にならないといけないのだわ」

その覚悟がいじらしくて、ネヴィレッタの胸に切ない気持ちがじんわり広がった。

「ここでみんなと過ごして実感したわ。こういう暮らしを、守らないといけない。それが王族としての務めなのね」

ずっと魔法が使えることで抑圧されてきたヘルミナ姫が、王族として、民の生活のために、と言っているのはどうにかならないものか。

「みんな真面目だなあ」

エルドが新しいスコーンをふたつに割った。

「ヘルミナも、ネヴィレッタも。今まで嫌な思いばっかりしてきたのに、なんで二人とも守るとか務めとかそういう立派なことを言えるんだ。僕なんて毎日明日はネヴィレッタにどんな料理を作ろうかってことで頭がいっぱいだよ」

言われてみれば、さんざん非魔法使いとして差別されてきた自分が聖女としてひとの役に立とうとしているのは、なかなか立派なことではないか。ヘルミナ姫を通じて客観視して、初めて自分のことを知る。

「自己犠牲もたいがいに。僕は君たちが重荷を背負って笑った顔をしているのを見ているのはしんどい」

確かに、ネヴィレッタも国のため民のために犠牲になるヘルミナ姫は見たくない。エルドもネヴィレッタについて同じことを思ってくれているようだ。ヘルミナ姫のおかげで、たくさんのことを学んでいる。

「ありがとう、エルド」

ヘルミナ姫がそう言うと、エルドは「べつに」と言ってスコーンをかじった。

「わたくしもがんばって頭を使わないとね。一番の苦手分野なのだけど……」

「そこまでがんばる必要はないけど、誰かがかわりに考えてくれると思うのはよしたほうがいいよ。ヘルミナ自身が幸せにならないよ」

エルドの言葉に、ヘルミナ姫が大きく頷く。

「わたくし、結婚が決まったら白馬の王子さまにお城から救い出してもらって幸せになれるのだとばっかり思っていたけれど、ふたを開けてみればわたくしのような甘ったれには厳しい王子さまだったわ……」

ダリアが小さく笑った。エルドは真剣な顔をしている。

「主導権を奴に握らせるな」

「ええ、わたくし、がんばります」

「何を言っているのですか、あなたたちは。レナート王子の顔を立てなければいけませんよ。彼は次期国王なのですから」

「いいよ、僕が許す。あいつにははっきり言ってやらないとだめなんだ」

「そうなのね。とても勉強になる」

いい空気だった。優しくて、ずっとこのままでいたいと思えるような、素敵な空間だった。

これが、一緒にいる人を信頼する、ということなのだろうか。

少なくとも、これは、安心できる食卓だ。

「二人が王都に行ったら、さみしくなるわね」

ネヴィレッタのそんな呟きに、三人が三人ともこちらを向いた。

「わたしも、今ここにいるみんなとずっと一緒にいられたら、と思うわ。みんなと食事をしていると、食べ物がとてもおいしいの」

三人とも、頬を緩めてくれた。

静かな静かな、晩冬の午後だった。


それから数日後、王都からレナート王子の紋章が刻印された蜜蠟付きの封書が届いた。ヘルミナ姫を王都に呼ぶための準備が整った、ということだった。ネヴィレッタは別れがとても名残惜しかったが、ヘルミナ姫が「わたくしも前に進みたい」と言うのを聞いていると、自分もしっかりせねば、と思う。

疲れた時に戻ってこられるように、ここの居心地を良くしておかねばなるまい。そのためにできることは何か。やれることは全部書き出しておいたほうがいいだろう。

だが、ほんの少しだけ、エルドとの二人きりの生活が戻ってくることに安堵もするのだった。

これからはまた、静かで穏やかな暮らしが待っている。

それはそれで、ネヴィレッタは幸せだ。

幕間　ローリア城にて

1

予定より早くヘルミナをフラック村から呼び寄せたのは、実は、父であるバジム王に会わせたかったからだ。

もちろん、可愛い花嫁を自慢したいなどというわけではない。

事実上の間者としてあえて王の側近に取り立てられるよう手配した家臣が、王がヘルミナを良く思っていないと明確に発言したことを報告してきた。

王はメダード王国との平和条約をおもしろく思っていない。メダード王国を打ち倒してこそ自分の威光が世界に知れ渡ると思い込んでいるからだ。隙あらば再戦を願っている彼が、和平の象徴として嫁いでくる姫君を良く思うわけがなかった。

しかし、それはつい最近まで、暗黙の了解の範疇(はんちゅう)であった。誰もが、王がそう思っているのは当たり前、という認識ではあったが、明言しなかった。そのため、王は結婚について賛成もしていないが反対もしていないと解釈することが可能だったのである。

王がはっきりと反対であると口にしたことが知れ渡れば、国内の国王派がもっと過激に沸き立つだろう。

それをメダード王国に知られるのもまずい。メダード王は、ひとつの家庭の父親としては地属性の娘を持て余して信頼関係を構築できていない残念な親のようだったが、政治家としては娘を大切に思っているふりをして大騒ぎするはずだ。嫁にやった娘が冷遇されているのを救うため、という大義名分を掲げて再戦を申し込むのも、ありえなくはない。

なんとかバジムにヘルミナを認めさせるしかない。

そのためには、彼のなけなしの理性に期待して、謁見の間という公的な場で王太子妃候補に歓迎の言葉をかけた、という記録を残させたほうがいい。

だが、ここで、レナートは、立ち止まりかけた。自分にはないものと思っていた感情が込み上げてきたのだ。

これは、おそらく、不安だ。

あのぽんこつ娘のヘルミナを、高圧的で計算高い父に会わせるのか。

いつものように開き直れない。頼むから余計なことをしないでくれ、と祈るしかない。

父が、お前のような女は王太子妃にふさわしくない、と言った瞬間に起こるであろうことを想像したくない。

思えば、レナートは子供の頃からひとに頼ることをしない人間だった。自分以外の人間という不確定要素を極力排除してきた。他人を使う時は必ず十分に地盤固めをした。仮に順調に事が進まなくても、少なくとも王太子としての自分の地位が揺らぐことはないように準備をしてきた。

今、あのヘルミナの一言で、すべてが崩壊するところに来ている。突然の崖っぷちだ。結婚など考えるのではなかった。

けれどレナートが結婚しなければガラム王国は滅亡するかもしれない。ガラム王国の平和のためには、王太子の結婚というカードは今メダード王国相手に切るべきだ。

謁見の間、王の玉座の前で、レナートとヘルミナは並んで立って王を待っていた。ヘルミナの顔を盗み見る。真っ青だ。唇を引き結んで頬を強張らせ硬直している。肩が上がっていて、緊張しているのが伝わってくる。先ほどダリアを下がらせた時はわかりやすく動揺していた。そんな彼女が政治をする人間になるのは無理がある。

自分は今、人生で一番の危機に瀕(ひん)している。

「国王陛下のおなり！」

王の侍従官がそう言ったので、レナートはその場にひざまずいた。ヘルミナも見た目ばかりはなんとか一人前に首(こうべ)を垂れて礼をした。

バジムが入ってくる。

顔を上げるのを許されるまではこの体勢のまま動けない。

いったいどんな顔をしているのか。どんな反応をするのか。

早く終わってほしい。

バジムが玉座に座った。

たっぷりもったいぶってから、声を発した。

「二人とも、面を上げて楽にせよ」

顔を上げ、姿勢を元に戻す。

バジムの顔が見える。

彼は唇の端を持ち上げていた。一見しただけでは笑顔のようだ。けれど、目は笑っていない。目玉だけをぎょろぎょろと上下させて、ヘルミナを舐めるように見ていた。

ヘルミナもその視線を感じ取っているのだろう。恐怖ゆえか肩が細かく震えている。

「あなたがヘルミナ姫かね」

王が問い掛けると、ヘルミナが「はい」と答えた。

「お初にお目にかかります。メダード王国第三王女、ヘルミナと申します」

「私がガラム王バジムである。以後よろしく頼む」

第一関門は突破だ。

レナートはそこで口を開いた。

「父上に私たちの婚約を認めていただきたく存じます。父上の許可をいただき次第大聖堂で婚約式を執り行います。そののち王女殿下には一度結婚式の準備のためにお帰りいただきますが、しかるべき時にガラム王国に移住していただいて、末永くガラム王国と父上に尽くしていただく所存です」

「父上に尽くしていただく、か。どの口が言うのだか」

その言葉を聞いた瞬間レナートは警戒した。王が本性を出してヘルミナを威嚇するようなことがあれば、ヘルミナは感情的になるだろう。最悪魔法を使われてしまうことになる。

この場に魔法騎士はいない。魔法騎士団が露骨に王太子の派閥なので、王が謁見の前に入れさせないのである。つまりこの場にいる魔法使いはレナート、ヘルミナ、バジムの三人だけだ。この状況で地属性の魔法が暴走するのは嫌だった。急いでダリアを呼べば止められるだろうか。否、魔力を極限まで搾取して地属性の魔法騎士としての彼女を使い潰したのはほかならぬ王族の自分たちである。エルド以外の地属性の人間はあてにならないと思ったほうがいい。

ヘルミナがここで魔法を使ったら——メダード王国の宣戦布告と解釈されるか、あるいはメダード王国がヘルミナ個人に罪をなすりつけるか——

「ひとつ聞かせてほしいのだが」

玉座に深く腰をおろしていたバジムが、少し前かがみになった。

「私はレナートが結婚したがっていることを知らなかった。寝耳に水だ。いったいどういう経緯でこうなったのか教えてほしい」

ヘルミナよ何も言わないでくれ、と祈りながら、レナートは述べた。

「実は先の和平交渉でメダード王国の王城に赴いた時に彼女とお会いしまして、私の一目惚れです」

真っ赤な嘘だ。彼女は王城のどこかに幽閉されていたので、公的な場には出たことがない。まして他国の王子に会う機会など皆無だったはずだ。

「私から婚約の申し入れのお手紙を出したところ、彼女も心憎からず思ってくれているとのお返事をいただいたので。あとはメダード王の特別なお取り計らいでとんとん拍子に話が進みました」

まったくの作り話だ。

だが、レナートは嘘をつく時に痛むらしい良心というものの存在を感じたことがない。

あとは、ヘルミナをこのまま黙らせておくだけだ。

そう思ってヘルミナの顔を見た時だった。

彼女は、頬を引きつらせながらも、唇の端を吊り上げて笑顔を作っていた。

「殿下のおっしゃるとおりにございます。殿下から熱烈なおたよりをいただきましたので、心を動かされて父に結婚をねだったのです」

予想外だった。まさか、打ち合わせたわけでもないのに彼女が自分の嘘に乗ってくれるとは思っていなかった。

「なんと素晴らしい物語だ！」

バジムが声を上げて笑った。

「民草の好みそうなロマンスではないか」

彼は嘘を見抜いている。そう直感したが、彼も彼で役者よりも面の皮が厚い。

「いいだろう。結婚しろ。民衆が求めている恋愛物語を舞台役者に歌わせろ」

第二関門突破だ。

「庶民は政略結婚が好きではない、結婚には愛が必要だと思い込んでいるからな。せいぜい夢を見せてやれ」

そこでさらにヘルミナが言った。

「誠心誠意、ガラム王国に尽くさせていただきます」

この発言も予想外だった。思っていたよりちゃんとできるではないか。

バジムが鼻で笑った。そして、立ち上がった。

「好きにしろ。ではな」

そう言い残すと、彼は出入り口のほうに移動し、大勢の近衛武官と侍従官を連れて去っていった。

なんとかなった。

レナートは大きく息を吐いて天井を仰いだ。

その隣で、脱力したヘルミナが膝を折ってその場に崩れ落ちた。周囲のレナート付きの侍従官たちが慌てた様子で駆け寄ってくるが、か細い声で「大丈夫です」と言う。

「レナートさま」

「何だね」

ヘルミナのすぐそばにしゃがみ込んだ。

彼女は、顔を上げることなく、つまりレナートの顔を見ることなく、言った。

「とても大きな嘘をつかれましたね」

何と答えたらいいのかと考えているうちに、彼女は言葉を続けた。

「でも、大丈夫です。わたくし、ちゃんと口裏を合わせます。あなたさまに愛されていると吹聴して回ります。それがたとえ真実でなくとも、わたくしは大丈夫」

彼女の肩が、震えている。

「ちゃんとできたでしょうか。お役に立てたでしょうか。わたくし、あなたさまの邪魔にならないかだけが、本当に、本当に心配なのです」

少し間があいた。

「よくやってくれたな」

そう声を掛けると、彼女はそのままの状態で頷いた。

「わたくし、何でもがんばります。本当に何もわからない世間知らずですけれど、何でもがんばるので、どうぞご指南ください……」

レナートは、細く長く息を吐いた。

「私の顔色を窺うことなく自分のことは自分で考えたまえ」

そして、歩き出した。

「ダリアを呼んでくる。君はもう休むといい」

「はい、ありがとうございます」

この時はそのまま別れた。

2

魔法騎士団の詰め所に行くと、団長の執務室に副団長のセリケとその補佐のカイがいた。

正式な部屋の主(あるじ)である団長のマルスは不在だ。彼は今火属性の魔法使いを統括する者として四方八方を飛び回っている。フナル山での暴動の中心団体が火属性の魔法使いの集団だったため、同属性の人間を諫め、牽制する仕事が増えたのだ。

フナル山での暴動は、火属性の大家であるオレーク侯爵家の凋落も意味していた。オレーク侯爵家が王太子派である以上は火属性の魔法使いはみんな王太子につくようにというお達しが出ていたはずだが、この約束が真正面から破られた。これから先は、魔法騎士団の団長として、またオレーク侯爵の位を継ぐ者として、マルスの人徳が問われる。この失態は彼自身の手で挽回してもらわねばなるまい。

水属性のセリケと風属性のカイにはさほど大きな関わりはない。魔法騎士なので当然国家体制の防衛や治安の維持には力を尽くすべきだが、この二人の面子が昨日今日で損なわれるという状況ではなかった。

だが、団長の執務室でコーヒーを飲んでいた二人の姿を見ると、この二人だけが悠長に過ごしているように思えてきて、レナートはおもしろくない。

「この慌ただしい時でも君たちは優雅な午後を満喫しているようだね」

そう言うと、カイが「うるせえ」と言った。彼は魔法騎士になる前は王都の下町に住まうチンピラだったのでかなり口が悪い。

「こっちはクソ忙しくしてる中でようやくほんのわずかな休憩時間ができたところだっつうの。昼飯も食ってねえんだよ」

「カイ、言葉が汚いですよ」

セリケが指摘したのはあくまで言葉遣いだけで、発言の内容は否定しないようである。

「充実しているということか」

「ええ、それもこれもぜーんぶ王太子殿下の電撃婚約のおかげでございます。俺のような下々の者にはまるで予想もつかなかったくらい祝福されているご様子で、ご苦労様なことです」

セリケとカイが応接セットのソファでローテーブルを挟んで向き合っているので、レナートは団長用の奥の椅子に腰掛けた。セリケもカイも、レナートのほうを見向きもせずコーヒーに添えられた焼き菓子を食べながらしゃべり続けている。

「王女殿下は放っておいてよろしいのですか」

「放ってなどいない、お休みいただいている」

「俺だったらここで愛を示すためにそばについていてやるけどね」

「何か含むことがあるようだね。言いたいことがあるならば何でも話してみるといい」

「話したいことがあるのはレナート殿下のほうではございませんか。私とカイはこのカップがからになったら持ち場に戻る身です。殿下のご用命とあれば休憩時間を延長致しますが、殿下が特にお望みでないのでしたら解散させていただきます」

「冷たいものだ」

背もたれに背を預け、両腕を上げて大きく伸びをする。

「君たちが気にしているところのその王女殿下だが、今まで私の周りにいなかったタイプの女性だ。正直持て余している。どうしたものか。――というのは半ば独り言で君たちに正解を求めているわけではないのだが、魔法騎士団の幹部には状況を説明しておいて損ではないのでな」

セリケが「さようでございますか」と言ってソーサーにコーヒーカップを置いた。

「ああいう、なんというか、こう、かよわくてふわふわした生き物をどう扱ったらいいのか……扱いに困って、ぎゅっと握り潰してしまうかもしれん」

右手を上に、左手を下にして、両手で空気を挟む形で何かを握るジェスチャーをしてみた。

「まるでマシュマロだ。力加減を間違えたら潰れるのではないかね。いや、正確にはマシュマロよりもう少し中身が詰まっているようだが。本当に何も考えていないわけではなさそうだ」

カイが声を上げて笑った。

「さんざんひとの色恋沙汰をおもしろおかしく語ってきたあんたがそういうことを言うのを見てると、俺、嬉しくなっちゃうね」

「カイ、口を慎みなさい。この方は王太子殿下ですよ」

「いいじゃん、言わせろよ。こんなこと人生にそう何回もあることじゃねえからよ。俺はな、かみさんと結婚した時に殿下に言われたことを一生忘れねえって思いながら暮らしてる」

レナートのほうは何を言ったかおぼえていない。

「色恋か。望んでいなかったがそういうことになってしまいそうだな、世間的に。私のほうは別に恋も何も――」

「おっと、そこまでだ」

カイの瞳が鈍く光る。

「俺は三人の娘の父親でな。六歳、三歳、ゼロ歳と、三人の。万が一この子たちがヘルミナ王女と同じことを言われたら俺は相手の男を殺す」

彼の意見は貴重だ。宮廷にいたら触れられない感想である。彼は才能を買われて魔法騎士団の幹部に成り上がった一代貴族だ。ものの考え方がレナートの周りでは一番庶民感覚に近い。世論を把握するにあたって非常に参考になる。

「色恋沙汰にしておけよ。そこは国王陛下の言うとおりだ、悔しいけどな」

レナートは唸らされた。

「私はずいぶん冷たい男のようだ」

「今お気づきですか」

「これではまるで悪役みたいではないか」

「今お気づきなのですね。私どもは何年も前から存じております」

クッキーをむさぼり食ってから「傑作だな」とカイが言う。

「最悪だ。それでは私の人格に問題がある」

「自分を見つめ直すいい機会だろ。それが人間とお付き合いするってことよ」

セリケが咳払いをした。

「ところで、殿下。婚約の式典の準備は当初の計画どおりに一週間後に大聖堂でよろしいのですか？　警備の都合上魔法騎士団内部には早めに情報共有をしておきたいのですが」

彼女が話題を転換してくれたことに救われた。これ以上つつかれずに済みそうだ。レナートは「そうだな」と呟いて頬杖をついた。

「その前に議会が正式に婚約することを決議する。発起人が私本人である上に王がおおやけの場で承認しているのだからあくまで形だけだが、王族の婚姻は一応議会を通すしきたりになっているようだ。父が母と結婚してからもう二十五年ほど誰もやっていないので、どれほどの効力があるのかわからないけれどね」

「それはいつのご予定ですか」

「四日後だ。これも議場を公開して傍聴人も入れて行うので、なんなら広く国民に公表してもいい」

「さようですか。万全を期すために外部の人間に話すのは広報官の正式な発表を待ちますが、早急に会見が行われることと認識致します」

セリケの落ち着いた返事に、レナートは今自分があまり冷静ではないことを悟る。

「火属性の魔法使いの動向以外で何かお困りのことはございますか」

「今のところは大丈夫だ。ただその火属性の魔法使いの動向がな……マルスの首を刎ねるのは簡単だが、逆効果ではないかね？」

「おおせのとおりです」

「婚約式を台無しにされたくない。けれど、どうやったら無事に終わらせてヘルミナに危害を加えられることなくメダード王国に送り届けられるのか、良い案が浮かばない」

「案も何も、国王派との落としどころなど、もはやございません。陛下をとってヘルミナ姫を拒み、メダード王国と再戦するか。殿下をとってヘルミナ姫を受け入れ、メダード王国と和解するか。ガラム王国にはもうこの二択しか残されておりません。婚約式を台無しにしようとする人間は必ず現れるものとして準備を致しましょう」

レナートは溜息をついた。

いつか、エルドに、内戦しないでね、と言われたのを思い出した。しなくても済む簡単な手段があるならとっくに実行している。争うことなどまっぴらごめんだ。傷つくのは痛みに鈍感なレナート一人だけで十分なのだ。

第6章　刻限

1

二人でエルドの家の様子を見に来た。どれくらい工事が進んだのか目で見て確認したかったのだ。職人たちが進捗報告をしてくれてはいるが、生で見るのはかれこれ一ヵ月ぐらいぶりだった。

今日は工事が休みの日なので、職人の姿はなかった。家の半分が屋根代わりの防水布で覆われている。しかし、外から見ただけでも寝室だった部屋の拡張とその隣室の増設はわかった。二人は感動して息を吐いた。

「あとちょっとだねえ……」

「本当にねえ……」

予定どおりに行ったら、完成まであと半月だ。

それが終われば、エルドは領主館を出てこの家に戻る。そして、ネヴィレッタも領主館からこの家に引っ越しをする。

待ちに待った結婚生活が始まる。

「ちょっと休憩するか」

そう言って、エルドが畑のすみに立つ倉庫の扉を開けた。中に折り畳み椅子が入っているので、それを取り出そうというのだろう。野外で食事を取る時によく使っていたものだ。ここのところは二人で領主館の食堂で食事をしているので、チーズフォンデュをして以来だった。

倉庫に足を踏み入れ、がたごとと音を立てて整理を始めたエルドが、「あっ」と声を上げた。

「どうしたの？」

「しまった」

かがんで、両手で何かを拾い上げる。ゆっくり振り向く。

エルドがその手にしていたのは、緑色のかぼちゃだった。

「去年の秋に収穫してそのままだった。冬になったら食べようと思って、奥に保管しておいたんだった」

「秋に？　だいぶ前ね」

「どういうからくりなのかはよくわからないんだけど、街の八百屋で、かぼちゃは収穫してすぐじゃなくてしばらく経ってからが旬の食べ物だと聞いたんだよね。夏から秋にかけて収穫して、冬になったら食べるもの、って」

「へえ、そうなの。熟成して甘くなるのかしら？」

「熟成かあ……かぼちゃは中のワタが空気に触れなければ長期保存できるものだと思う

けど、熟成……？」

かぼちゃの皮をノックするように叩く。

「時季が過ぎちゃったかな。おいしくないかな。まだあと四個もあるんだけど」

「できるだけ早めに消費したいわね」

「今日の昼に食べるか」

「賛成」

ネヴィレッタもかぼちゃは好きだ。エルドと二人きりの食卓に上がったことはなかったが、領主館での食事で何度かシチューやスープを提供してもらったことがある。かぼちゃは甘くてとろける魔法の野菜なのだ。それが、エルドの手で調理される。どんな料理になるのか、楽しみだった。

そういうわけで、二人はそれぞれかぼちゃを大きなかごに入れて抱えて領主館に戻ってきた。食べ切れなかったら、ひとつ割ってみて中が腐っていなければの話だが、領主館に勤める村人に配ってしまおうという腹積もりだ。

領主館の厨房（ちゅうぼう）にたどりつき、調理台の上にかぼちゃを並べる。

「では、まずはカットしましょう」

エルドが澄ました顔で言った。手伝いを申し出たネヴィレッタが「はい」と答えた。

調理台に一番大きなサイズのまな板を二枚出す。万能包丁を二本用意する。貴人が訪れた時に複数人の料理人が同時にご馳走を作るのに間に合うよう、器具はかなり多めに備えつけられていた。

「よし、やるわよ」

「本当に大丈夫？」

エルドが気遣わしげな声で言う。

「かぼちゃ、硬いからね」

「知っているわ」

「大丈夫かな、ネヴィレッタの腕力で」

「何事も挑戦よ。それにエルド一人ばっかり働かせ続けるなんて配偶者として失格だわ」

「まあ、確かに、やってみないとわからないとは思うけど……」

ネヴィレッタがかぼちゃに刃を立てるのを見て、エルドも自分の前のかぼちゃに向き合った。

かぼちゃに包丁を入れようとする。

入れられた、と思ったら入っていない。入らない。

「え、硬い」

「だから言ったじゃないか」

かぼちゃに刃がめり込んだまま、にっちもさっちもいかなくなってしまった。

その隣では、エルドが包丁の背を押して刃をかぼちゃに食い込ませている。刃はめりめりと沈み、そのうちふたつに割れた。

「結構な力が必要そうね」

「やっぱり僕がやるよ」

「いいの、やらせてちょうだい」

エルドがしているように、包丁の背を押した。しかし底面が完全に平らというわけではないかぼちゃは不安定で、ぐらぐらと揺れる。力が均等に入らない。

てこの原理で、包丁のもっと先のほうに力を入れてみてはどうか、と思い、左手を移動させた。

「あっ、こら、あぶな――」

刃が動いた。

そう思った次の時、指の内側に強烈な痛みが走った。

「いたっ」

包丁を投げ出して、自分の左手を見た。

人差し指の第一関節と第二関節の間に亀裂が走って、赤い血の玉が膨れてきていた。

皮膚が切れてしまった。

「ほら、言ったのに！」

エルドが焦った感じの大声を出す。だが修羅場をくぐってきた彼はそれでもどこか冷静で、まずは刃が食い込んだままのネヴィレッタのかぼちゃを調理台の奥のほうに押しやった。これで包丁付きのかぼちゃが調理台から足元に落ちてくる二次被害は免れた。

ネヴィレッタが何も言わずとも、彼は食器を拭くための清潔な布巾を持ってきて、傷口を直接圧迫した。布巾に赤い血が滲む。ここのところずっと、ネヴィレッタは怪我人を手当てする側だった。それが今は無言で手当てされている。なんとも情けない。

「ごめんなさい……」

「謝るところじゃないよ」

ネヴィレッタは溜息をついた。

「結構じんじんするわ。こんな小さな傷なのに」

「たかが包丁、されど包丁だね」

「ひとの怪我は見慣れているのに、自分が怪我をしてみないとわからないこともあるのね……」

エルドから布巾を受け取り、自分で止血しながら一歩下がってスツールに腰掛けた。

「やっぱりかぼちゃは僕がなんとかするから、ネヴィレッタは自分のことをして」

そう言われて、きょとんとする。

「自分のこと？」

「ささっと治しちゃいなよ」

「治しちゃいなよ、って……なに？」

「魔法は？」

エルドからしたら当たり前のことを指摘したつもりだったのだろう。どことなく得意げに言った彼に対して、ネヴィレッタは「ああ」と吐息を漏らした。

「魔法、自分には使えないの」

エルドが「えっ」と顔をしかめる。

「自分には効かないのよ」

「嘘でしょ」

「せっかくだから、ちょっと試してみようかしら。怪我をすることは普段の生活ではあまりないものね」

布巾をはずす。右手を左手の傷口の上にかざす。

両手が、ほんのり白く光った。

だが、その白い光は傷口からどんどん漏れ出ていって、やがて消えてしまった。

「だめ……魔力をとどめることができない」

「そうだったのか」

「偏頭痛や腹痛の時に試したことがあるんだけど、その時にもうまくいかなかったから、やっぱり、という感じ。いつも、他の人の痛みならすぐに取ってあげられるのにな、って」

「そうなのか」

突然だった。

「そうなのか……」

強く抱き締められた。急なことだったので、驚いて目を真ん丸にした。右手で布巾越しに左手を押さえた状態だったが、体を硬直させ、エルドにされるままにした。

「じゃあそんな魔法いらないね」

「どうしたの、急に」

「ネヴィレッタが他人を治してばっかりでネヴィレッタ自身には何の恩恵もないということでしょ。それじゃ他人のために魔力を削るだけの魔法じゃないか」

そんな考え方もあることなど、まったく気づいていなかった。

「とんでもない、私はひとの役に立てるとても素晴らしい魔法を手に入れたと思っているのに」

「他人なんてどうでもいいよ。僕は君以外のどうでもいいやつに君の魔力が搾取されるのを見たくないよ」

エルドは魔力を搾取されて使い捨てられる魔法使いをたくさん見てきた。彼自身は魔力が無限に湧いてくる体質なので一見関係はなさそうだが、ずっと思うところがあったのだろう。

もう魔力を使い尽くして大きな魔法は使えないと言っていたダリアのことを思い出す。

「大丈夫よ、エルド。普段から連発しているわけじゃないもの。レナート王子に禁止されているのがかえってわたしにとっては良いのね」

「あいつはここぞという時にネヴィレッタの魔法が使えないのを避けたいだけでネヴィレッタを守ろうとしているわけじゃない」

「もう、仲良くしてちょうだい」

「約束して」

エルドが体を離した。

真剣な目で、見つめられている。

「僕がいないところでは魔法を使わないでほしい」

それは約束ではなく命令ではないか、と思うのだが、彼はそれほど強い気持ちできつい縛りをしたいのだろう。それが逆に切なくなって、ネヴィレッタは泣きそうになるのをこらえながら頷いた。

「わかったわ。エルドがいるところでしか使わないことにする」

不意に唇に唇が触れた。なぜ今、と思ったが、嬉しかったのでそのまま受け入れた。ただ触れるだけの優しい口づけで、エルドはすぐかぼちゃのほうに戻っていってしまったが、ネヴィレッタは指を押さえたままずっとエルドを見つめ続けた。

2

かぼちゃをすべて一口サイズにカットし終えると、エルドは流し台の下の収納から大きな鍋を取り出した。

「これでふかして柔らかくして、こしてペーストにします」

「何に使うの？」

「パイを焼きます」

ネヴィレッタは目を輝かせた。かぼちゃのパイとは、想像するだけで満たされた気持ちになる。ネヴィレッタもエルドも裏ごしした食べ物の口当たりの良さが大好きだ。去年から定期的に芋などを裏ごししている気がする。根気のいる作業なので手伝いを申し出たいが、今日はこの指では黙って見ているしかなさそうだ。

「わたし、ここから応援しているわね」

「べつに何も言わずにおとなしく座っていてくれていいけど……せっかくだから歌でも歌ってもらおうかな」

「えっ。歌なんかもう何年も歌ったことがないわ。流行りの歌も何もわからない」

「冗談だよ。……と思ったけど、案外いい思いつきかも。今度街に行った時に調べてみようかな」

壁際に置かれたスツールに座っている状態だと、エルドの背中しか見えない。したがって彼が今その台詞をどんな顔で言っているのかわからない。だが、その声がとても明るく楽しそうなので、嫌な感じはしなかった。意地悪で言っているわけではなさそうだ。

歌ぐらい歌ってもいい気がする。

今なら、実家にいる時は考えもしなかったことを、全部やってもいい気がする。

それに、街に行った時に調べる、と言ってくれたのも嬉しかった。つまり、街に出かける機会があるということだ。二人で遠出できるのはいいことだ。

そんなことをつらつら考えている間は、ネヴィレッタはご機嫌だった。

まさか突然こんな大事件が起こるとは、この時は微塵（みじん）も考えていなかったのだ。

エルドが、鍋をかまどの上に置いた。

そして、調理台の下にある銀の引き出しから、マッチを取り出した。

マッチとは、火属性の魔法使いが棒の先につけた燃える薬品に魔法をかけたもので、摩擦熱で発火する。ガラム王国では当たり前に使われる、何の変哲もない魔法道具だ。

ところが、マッチの箱の側面にある紙やすりでマッチをこすった瞬間だった。

火がついた途端、エルドの手が、大きく震えた。

「エルド?」

彼の動きが止まって、マッチと箱を床に取り落とした。

「エルド!」

呼吸が急に荒くなる。手の震えが止まらない。

彼は床に落としたマッチを踏んで靴底で火を消し止めた。的確で冷静な判断だった。

けれど今はそれを褒めたたえている場合ではない。

ネヴィレッタは彼に駆け寄ろうとして立ち上がった。しかしその直後、どん、という、腹の奥に響く揺れが起こった。体が飛び上がるかと思うほどの大きな縦揺れだった。思わずその場にしゃがみ込んでしまったほどだ。

「何だ、これ」

エルドが目を丸く見開いて自分の手の平を見る。そこから緑の炎が噴き出す。本物の火炎ではなく、目に見えるほど濃くなった魔力が炎と似た形状で噴出しているのだ。その火炎状の魔力が揺れるたびに地面が小刻みに揺れた。

「揺れてる? なんで」

どうやらエルドの魔法のせいで地震が起きているようだ。大地を揺り動かす地属性の魔法の大きさに困惑する。

「ネヴィレッタ」

苦しそうに息を吐く。

「僕から離れて」

「えっ」

「建物から出て。早く！」

声も震えている。

「抑えているうちに早く」

どうやらこれでもまだコントロールできているほうらしかった。揺れていると言っても棚から物が落ちてくるほどでもないのは、彼が自分の力を抑えているからか。それでも立ち上がるにはまだ不安だ。それにエルドを置いて出ていくというのも嫌だった。呼吸が苦しそうだ。心配になる。体調を崩しているなら自分の魔法でどうにかできないだろうか。

エルドがその場で両膝を折った。

右手を床につける。揺れが収まる。

しかしそれと同時に、エルドが激しく咳き込む。

「エルド！」

彼は、右手を床につけたまま、左手で自分の口元を覆った。咳き込み、うめき、吐き出す。指と指の間から、真っ赤な血液があふれた。

背筋が凍る。

地震が止まったので、ネヴィレッタはようやく歩けるようになった。急いでエルドに駆け寄り、彼のすぐそばに膝をついて背中をさすろうとした。

手が触れた瞬間、ネヴィレッタは悲鳴を上げてしまった。

体温が異常に上がっている。高熱という言葉では生ぬるいほどに熱い。人間としてあってはならないと思うほどの高温だ。この温度は自然には出ないだろう。なんらかの魔法が作用しているに違いない。だが、ネヴィレッタにはそれが何の魔法なのかわからない。考えようにも、エルドが苦しそうに吐血を繰り返しているところを見ていると頭が混乱して、声掛けすることすらできなくなる。

「どうしよう」

「どうもしなくていい」

苦しげに、うめくように告げる。

「でも僕もどうしたらいいかわからない」

この世で一番の魔法使いであるエルドでさえ何もできないというのでは、最近ようやく魔力の流れを感知できるようになったばかりのネヴィレッタには何も思いつかない。

「危ないから……、離れて……っ」

「そんなこと……っ」

彼は少しずつ体を前に傾けていき、ややあってうずくまり、そのうち床に転がった。

特に何の体調不良も起こしていないのに、ネヴィレッタまで過呼吸に陥りそうになった。

落ち着け、落ち着けと自分に言い聞かせる。戦場でさえ乗り切って見ず知らずの人を救うことができたのだから、いつもの場所でいつも一緒にいる大切な人を救うこともできるはずだ。

「だいじょうぶ……、だいじょうぶ」

小声で繰り返した。

ここにはネヴィレッタとエルドの他には誰もいない。

つまり、ネヴィレッタが動かなければならない。

深呼吸をしてから、改めてエルドの体に触れようとした。魔力の流れに触れることができればなんらかの異常を感知することもできるのではないかと思ったのだ。

手が彼の背にたどりつく前に、彼が荒い息を吐きながらこう言った。

「ダリアに連絡して」

「ダリアさん？」

「魔力がコントロールできない……、こういう時どうしたらいいのか――昔、子供の頃、ダリアが何か言っていたような気が――」

そこで、エルドは目を閉じた。

慌てて腕をつかんで、名前を呼びながら体を揺さぶってみた。しかし彼の意識は戻ることはなかった。異常な発熱も続いている。

何か恐ろしいことが起こっている。

自分には何もできない。

何の対処もできないのか。

一瞬絶望しかけたが、直後一人で首を横に振って踏みとどまった。

諦めてはいけない。自分も立ち止まったら本当に終わりだ。自分の殻に閉じこもって泣いているだけでは何も解決しない。それでは大切なものを守れない。

「わかったわ！　すぐにダリアさんにここまで来てもらうわね、だから安心してちょうだい」

涙をこらえて、そう語り掛けた。

3

そのまま厨房に転がしていくわけにはいかないので、ネヴィレッタはエルドを食堂の近くの休憩室まで運んだ。成人男性でしかも意識がない彼の体を運ぶのは大変だった。彼が滞在している二階の客室まで行くことはできず、仕方なくソファに横たわらせてブランケットを掛けた。

エルドの体はなおも非常に熱が高かった。今までに勉強して身につけた知識を総動員して必死にこの状態の原因を考えてみたが、何も思い当たらない。ひょっとしたら、地属性にしかわからないものなのかもしれない。そうだったらダリア以外の誰にもどうにもできないだろう。

領主館の建物が、時々小さく揺れる。そのたびにエルドが小さくうめく。彼もきっと必死に戦ってくれているのだろう。そのがんばりが利かなくなってすべてが解放された時のことを思い、ネヴィレッタはぞっとした。だが、自分がここで一人不安になっていてもどうしようもない。一番不安なのはエルドかもしれないのだ。

ダリアは王都にいる。

今すぐ行こう。

外はすでに日が落ちていた。しかし、街道沿いはエルドが魔法で土木作業をしたかいがあって最近整備されたばかりなので、道路をはずれなければそんなに大きな危険はない。村長に馬を借りて一人で駆ければ明け方にはつくはずだ。

怖がっていても何にもならない。

領主館を出ると、建物の中にいた時の揺れが嘘のように静かで穏やかな夜の風景が広がっていた。まったく揺れを感じない。意識を失ってもなお魔力が有効な範囲をコントロールできるエルドの天才ぶりには恐れ入る。

村長の家を訪ねたところ、村長一家は領主館の中がそんなことになっているとはまったく気づいていなかった。早口で事情を話して、念のために領主館を見張ってほしいと頼んだら、彼らは快諾してくれた。そして馬を貸してくれた。

夜の街道を駆け抜ける。在野の火属性の魔法使いが灯した炎が、街道の両脇で明かりとなって周囲を照らしている。魔法というものはこうやって使われるべきなのだ。ひとを苦しめるのに使ってはいけない。さて、今エルドにかかっている魔法は何なのか。誰が何の目的でかけたのだろう。エルドを苦しめないでほしい。

助けてと叫びたい。けれどネヴィレッタが助けるのだ。

もう何もできずに膝を抱えて閉じこもっていたネヴィレッタではない。

ネヴィレッタの瞳の色と同じ黄金の朝日が、ローリアの城壁を浮かび上がらせた。

なんとかローリアにたどりついた頃には、時刻はすでに朝になっていた。

城壁の門をくぐり抜けるために、馬からおりた。ローリアの中では乗馬は禁じられているのだ。もどかしいが、揉めたら余計に時間を食う。

城門には衛兵も兼ねた官吏が立っていて、身分を確認している。騒ぎになりたくなかったが、さすがに役人の目を欺くことはできない。しかも今のローリアはとりわけ厳戒態勢だ。急がば回れで、素直に規則に従うしかない。

官吏に自分が聖女であることを明かすと、官吏は明るい声で言った。

「聖女様も今日の議会に臨席されるのですか？」

「議会？　何のことかしら」

小首を傾げて問い掛けたところ、官吏が「ご存じではないのですか」と逆に質問してくる。

「レナート王子とヘルミナ姫の件ですよ」

「あの二人、何かあったんですか？」

こんな時に限って、と顔をしかめてしまった。けれどどうやら問題を起こしたわけではなかったようだ。

「いえ、議会を通して王が婚約をお認めになる儀式のようなものが開かれるとお聞きしましたが」

議会、というのはガラム王国の政治の中枢である。ローリア城の中に会議場があって、高額納税者である貴族たちが日々持ち込まれる政治的な議題について話し合っているらしい。そこでレナート王子とヘルミナ姫の婚約についても議論されるのだろう。

「それはご本人たちも参加されるのですか？」

そうであれば、常にヘルミナ姫に付き添っているダリアもそこにいるはずだ。

官吏が「ええ」と頷いた。

「あれ、ひょっとしてこれは聖女様にも守秘義務が適用されるのかな？　聞かなかったことにしていただけますか」

「そうですか、気をつけます」

聞きたいことが聞けてよかった。そういう事情なら、城に行けば確実にダリアに会える。

「ありがとうございます」

ネヴィレッタは馬を引いたまま、早朝でまだひとけのないローリアを自分の足で急ぎ駆け抜けた。

第7章　対立

1

王城には、国家の存亡をかけた一大計画に関する採択、という歴史的な瞬間に居合わせたいと思っているらしき人々が詰めかけていた。一般人は基本的には会議場の中まで入れないのだが、すぐ近くの庭までなら見物を許されているので、議員たちが出てきて議決の内容について大々的に発表するまで、みんなでそこで待機するつもりのようである。

今日の議題は、国の行く末を、大陸の行く末を決める大きな儀式——レナート王子の婚約式の決行可否だ。

ネヴィレッタは、城の警備兵に会議場まで案内されながら、大きな溜息をついた。聖女なので優先的に見物させてもらえるとのことだ。ネヴィレッタは周囲の人間が聖女の身分にふさわしいと思い込んでいるような仰々しい対応を望んでいなかったが、スムーズにダリアやヘルミナ姫に会わせてもらえるならお願いするしかない。この混雑の中を掻き分けて進もうと思うほど無鉄砲ではないのだ。

人々が興奮している。

今日の議会はあくまで式典を開くことについての許可を取り付けるだけらしい。議長を通じて国民にレナート王子とヘルミナ姫を祝福してもらおうという話で、議論は形式的なものであり、いまさら否決される可能性は皆無だ。ここで話がひっくり返る可能性があるなら、ヘルミナ姫をガラム王国に呼ぶわけがない。そういう流れを知らない国民たちはただ振り回されている。ネヴィレッタの胸は痛んだ。

くれぐれも騒ぎにならないように、絶対に目立たないように配慮してほしい、と頼んだかいがあって、最終的に舞台裏の二階に案内してもらえた。大道具を格納する狭くてほこりっぽい空間だが、会議場全体を見渡せる。

小窓から会議場の内部を見下ろす。

後方の狭そうな座席に大勢の人が座っている。抽選で傍聴席に座れることになった一般市民だそうだ。レナート王子の意向で開かれた議会を目指しているとのことで、最近になって民衆の入場を一部許可したらしい。

市民たちは、おそらくはほとんどが慶事に参加している気分でいるのだろう。かなり浮かれているのがこちらにも伝わってくる。外面の良いレナート王子は民衆の人気が高い。その彼が隣の国から婚約者を迎えるのだ。すでに祝福の空気が醸成されていた。

会議場の正面、議長席の背後に玉座があって、バジム王が議長を超越する存在として座って会議場を睥睨している。レナート王子は一段下、議長の隣に置かれた玉座にも等しい豪奢な椅子に座っていた。そして、今回はレナート王子の隣にヘルミナ姫が座っていた。ダリアの姿はない。

　バジム王もレナート王子も薄く笑みを浮かべて堂々としている。議員たちの視線を一身に受けても動じない様子は、まるで売れっ子舞台俳優かのようだ。ヘルミナ姫は緊張で蒼白くなっているのがここからでも見て取れた。

　議長が朗々たる声で言う。

「まず、開会の挨拶として、国王陛下よりお言葉を賜る。一同、起立」

　議員席にいる百人ほどの人々が立ち上がった。傍聴席にいる、やはり百人ほどの市民も、一斉に腰を上げた。

「それでは、国王陛下。よろしくお願い申し上げます」

　そう言って議長が演台を退く（しりぞく）と、王が玉座からおりてきた。五段ほどの階段をおりて、演台に向かう。

「諸君、このたびはよく集まってくれた」

　低くて力強い王の声が、会議場全体によく通る。

「良い機会を得たので、ここで私の考えを述べさせていただこう。諸君、よく聞いてほしい。そして、この国の未来のために忌憚（きたん）なき意見を乞いたい」

　意見とは、何だろう。胸がざわざわする。

「ここにメダード王国のヘルミナ第三王女殿下がおられる」

バジム王の指先がヘルミナ姫のほうを指す。ヘルミナ姫の肩が震える。

「ついこの間まで干戈（かんか）を交えていた敵国に乗り込んできた彼女の勇敢さは賞賛に値する。だがしかし、考えてみたまえ。その敵国にたった十九歳のうら若く儚げな女性を送り込んできたメダード王のなんと薄情なことか」

ネヴィレッタは目をみはった。

「王女殿下は地属性の魔法使いでおられる。あの大魔法使いエルドと同じ属性の立派な魔法使いである。その王女殿下に犠牲を強いるメダード王の冷酷さを私は唾棄する」

メダード王を、中傷し始めた。

「ガラム王国は魔法使いの王国である。強く巧みな魔法を操る優秀な人種が国家を支えておる。その人種を愚弄する者は断じて許してはならん！」

バジム王の声が、会議場全体に響き渡った。

「王女殿下は我々で保護する。そして、悪逆の国メダード王国の土はもう二度と踏ませない」

傍聴席の市民の一部が沸き立った。バジム王の演説に酔っているようだ。

「強い国、美しい国、ガラム王国。この国こそが大陸全土の魔法使いの保護者となるのにふさわしい。それに異を唱え魔法使いを差別する悪の国はことごとく打ち破り、我々の手で適正な統治、適正な支配をしなければならん！」

今度は魔法貴族である議員の間から歓声が上がった。

「これを機にガラム王国はメダード王国に宣戦布告をする！　メダード王国を併合し、魔法使いが非魔法使いの上に立って正しく政治をする一流国家となる！」

議場の四隅で炎が上がった。ネヴィレッタは驚いて身を固くした。

炎は一切何も燃やすことなく、焦げ臭さすらも残すことなく、あっという間に消えた。

王の魔法だ。

一応火属性の一族であるオレーク侯爵家で生まれ育ったので、ネヴィレッタは王が今この魔法を使ったことの意図に察しがついた。火には人間を自分が強い生き物だと錯覚させる効果がある。炎を見た人々の気分を高揚させ、興奮させようとしている。

急に暑くなった。これも王の魔法だ。温度調節は火属性の得意とするところで、熱を放出したり吸収したりすることで気温を変えることができる。会議場には暖房が使われている可能性もあったが、今は換気のために窓が開いているので、急にこの室温になるのは考えにくい。

声がさらに大きくなった。

「国王陛下万歳！　国王陛下万歳！」

王が右手の拳を自分の胸にあてた。万歳の声を浴びて悠然とした笑みを浮かべた。

「我々は天に選ばれた優秀な人種である！　魔法使いを抑圧する劣等な人種の国を打倒

せよ！」

その興奮に割って入ってくる人間がいた。

「何を言っている⁉」

椅子を蹴って演台に駆け寄ってきたのは、レナート王子だった。彼は眉を吊り上げ頬を強張らせていた。ネヴィレッタは彼のそんな顔など初めて見た。怒りと焦り——彼にはまったく似つかわしくない表情だった。

一回万歳の声で統一されたはずの声が、まとまりのないざわめきになった。

「ヘルミナはあんたの破壊欲と優生思想のためにここまで来たわけではない！」

レナート王子がいつにない様子で怒鳴る。

「私たちは平和のために結婚をする。魔法使い同士だから結婚するのではない」

彼の訴えに同調した市民が「そうだそうだ」と野次のような声援を投げ掛けた。

「何が強い国、美しい国だ！　本当に強く美しいなら他人の国や人生を踏みつけるものか！」

レナート王子のそんな一喝を聞いて、不安げなざわめきと応援するざわめきが混然一体となる。

「魔法使いだからと言って偉ぶれると思ったら大間違いだ」

レナート王子の左手が、バジム王の右肩をつかんだ。

しかしバジム王はまったく動じなかった。

「聞いたか諸君！」

一同のどよめきが頂点に達した。

「この者はガラム王国の王子でありながらガラム王国が大陸最強の魔法国家であることを否定するようだ！　この者に国を任せて大丈夫か⁉」

どこからともなく革靴が飛んできた。その靴がレナート王子の頭にぶつかった。たいして質量があるわけではなさそうだったが、靴を投げつけられるというのはかなりの屈辱だろう。

レナート王子が虚を突かれた顔で靴が飛んできた方向を見た。

次の時だ。

バジム王がレナート王子の手を振り払い、胸倉をつかんだ。

王の拳がレナート王子の頬に食い込む。

殴った。

レナート王子の体が勢いよく大理石の階段を転がり落ち、最終的に床に叩きつけられた。

「こいつは悪魔だ！」

バジム王の声が高らかに響く。

「メダード王国に通じる売国奴だ！」

あちらこちらから火花が散り始めた。議員の中にいる火属性の魔法使いたちが暴れ出したのだ。

悲鳴が上がった。

まずい。

ネヴィレッタは一度奥に引っ込んでそこにある狭い階段を駆けおりた。重い鉄の戸を開けて、会議場の正面にある両開きの扉の前に飛び出した。

2

会議場の出入り口が開け放たれていて、興奮した人々が外に脱出しようとしている。国王の演説に酔った者、王子の剣幕に驚いた者、魔法貴族たちの魔法の応酬に恐怖した者——いろいろな理由で走り始めている。互いに押し合っていて、ネヴィレッタも圧迫されて苦しいくらいだった。体と体がぶつかり合う。このままでは怪我人が出かねない。

「落ち着け！　皆一度戻れ！」

警備をしていた魔法騎士たちが大声で怒鳴っているが、誰の耳にも入っていない。

危ない。

ネヴィレッタは突き飛ばされて廊下に尻餅をついた。

みんなを落ち着かせなければならない。

フナル山の事件の時を思い出した。

あの時自分は確かに魔法を使っているのを感じた。そして、その魔法に触れた人々が静まり、混乱が急激に収まった。無意識のことだったが、聖女の力がなんらかの形で影響を及ぼしているのはわかった。

あれを再現できるだろうか。

かぼちゃを切っている時に、エルドが、彼がいないところで魔法を使わないでほしい、と言っていたのが脳裏をよぎる。彼の言うとおりにしたかったが、ここで自分が戦わなければ国が滅ぶかもしれない。心の中でエルドに、ごめんなさい、ごめんなさいと謝罪しながら自分の体内に流れる魔力の存在を探した。

床に膝立ちになった。

両手の指を組み合わせた。

目を閉じた。

「みんな、落ち着いて……！」

次の時、ネヴィレッタは不可思議な魔力の流れを感じた。

自分の魔力だけではない。

周囲にいた人々の魔力の流れが、見えるようになった。

その場にいた全員の体から、微量な魔力が漏れ出ている。そうして空中に流れてきた魔力が、ネヴィレッタのほうに迫ってくる。

初めて目で見て体験する魔力の流れに驚き、一瞬目を閉じてしまった。

だが、ネヴィレッタの体調に大きな異変が生じることはなかった。むしろ、徹夜した疲労が少し軽くなった気さえする。

徐々にあたりの騒がしさが消えていく。

「なんだ……？」

「今、いったい何が……」

「何かが体の中に……？」

人々のささやきが聞こえてくる。しかし先ほどのような怒声や悲鳴ではない。

目を開けると、その場に立ちすくんでいる人々が、ネヴィレッタのほうを見ていた。

みんなきょとんとした、不思議そうな目でネヴィレッタを見つめていた。

ネヴィレッタは、頭を覆っていたスカーフを取った。髪はひとつにまとめたままだが、金の部分から橙へ、橙から紅へ移り変わる部分が表に出ている。

「ご……ごきげんよう」

ネヴィレッタがそう言った途端、また別の熱狂が沸き起こった。

「聖女様だ！」

「聖女様じゃないか！」

近づいてきた人にもみくちゃにされる。そう言えばいつだったか、ネヴィレッタに触れるとご利益があると思っている人たちがいると聞いたことがある。あまり気持ちのいいものではないが、さっきまでの怒りや焦りに囚われて叫んでいた様子を思うとまだマシだ。それに、先ほど変な魔力の流れが見えたので、彼らの身の上に何か特別に恐ろしいことが起こっているわけでもなさそうなのに安心する。彼らは放っておいていいだろう。

「みんなごめんなさい、今わたし急いでいるの、ごめんなさい」

なんとか立ち上がって、人々を押し退けるようにして会議場に入った。

中も異様な雰囲気だった。魔法貴族たちが国王派と王子派に分かれ、高貴な身分の者らしからぬ攻撃性をもって互いを傷つけ合っていたのだ。

貴族たちだけではない。魔法騎士や国立騎士団の軍人たちまで争い合っている。

「バジム王万歳！」

「レナート殿下を傷つける者は許さん！」

「強い国ガラム王国！　美しい国ガラム王国！」

「なんと蒙昧な！」

火属性の魔法使いが、水属性や風属性の魔法使いに火傷を負わせている。

「やめて！」

ネヴィレッタはそう叫びながら自分の魔力を解放した。

魔法使いたちが動きを止め、ネヴィレッタのほうを見た。

こちらに注目が集まった。

今度は、フラック村にいる間にこっそり訓練したのが役に立った。

限界まで魔力を放出する。

会議場全体を、ネヴィレッタの魔法が包み込む。

全身から爆発するようにあふれる魔力が、ネヴィレッタに注目していた人々の傷を一気に癒やした。

「聖女様……？」

場が静まった。

なんとかなった。

それを認識した瞬間、膝から力が抜けた。先ほど徹夜明けの疲労が回復したと思ったばかりだったのに、今度は全力疾走した直後のような息苦しさを覚えた。両手両膝を床について、荒い呼吸を繰り返す。魔力を使いすぎたのだろう。こんなに大勢の人間相手に魔力を放出したのだ。頭の中がぐわんぐわんと揺れる。

だがまだ完全に騒ぎが収まったわけではない。

「あ……」

まずいと、瞬間的に察した。

「あ、あ……あ」

若い娘の普段はまろやかな声が震え出し、やがて金切り声に変わった。

「いやあああああああああ」

ヘルミナ姫が悲鳴を上げた。

直後、会議場が揺れた。

突如としてフナル山で見たものと同じとげのある巨大な多肉植物が床から生え、暴れ始めた。

「きゃあ！　きゃあああ」

パニックを起こしたヘルミナ姫の声に反応して、魔法植物がのたうち回る。ある者はとげのせいで傷つき、ある者は触手のような動きに弾き飛ばされた。

ヘルミナ姫は、演台の真正面で膝立ちをしていて、真っ青な顔を華奢な両手で押さえて叫んでいた。

早く止めなければ。

でも、どうやって。

その場で判断に悩んだネヴィレッタのすぐ近くを、走り抜ける人影があった。

暗灰色のマントに身を包み、土色の髪をなびかせているのは、ダリアだった。

彼女が宙に両手をかざすと、やはり床から緑の植物が一斉に生えてきた。しかし彼女が生やした植物は細い蔦(つた)状のものだった。まるで意識を持っているかのように隣の蔦に絡みつき、網状に変化し、ヘルミナ姫の植物を囲い込んで抑える。ヘルミナ姫の植物はもがいて外に出ようとするが、ダリアの植物のほうが強度があるらしく、しっかりと包み込んだ。

「今のうちに逃げてください！」

ダリアがそう怒鳴ると、会議場の中に残っていた人々も外に駆け出した。

ヘルミナ姫の悲鳴が響き渡っている。

落ち着かせなければならない。

ネヴィレッタもよろめきながら立ち上がった。

だが、最初にヘルミナ姫にたどりついたのは、レナート王子だった。

「落ち着け！」

そう言って、彼はヘルミナ姫に抱きつき、そのままもつれるようにその場に座り込んだ。

覆いかぶさるようにして、ヘルミナ姫をきつく抱き締める。

ヘルミナ姫が目を丸く見開いてレナート王子を見た。

「レナートさま」

白い唇がわななく。

「血が」

レナート王子の顔面の左半分が真っ赤に染まっていた。バジム王に殴られて階段を転げ落ちた時に額を切ったのだ。

「大丈夫だ」

しかし、その血が、ヘルミナ姫の顔にも飛び散る。

「大丈夫だから落ち着いてくれ」

「でも——」

「殿下！」

ダリアが叫んだ。

「殿下の魔法で枯らしてください！」

彼女の言葉に反応して、レナート王子が左腕にヘルミナ姫を抱えたまま右手をかざした。

一瞬だった。

多肉植物がしおれ、乾き、床に崩れ落ち、沈黙した。

完全に乾き切ったヘルミナ姫の植物は、ひび割れ、ばらばらに朽ちた。

強大な魔法だった。

畏怖ゆえかみんな一度動きを止めた。

「レナートさま」

ヘルミナ姫が呟く。

「お怪我が……」

レナート王子が笑った。

「たいした傷ではない。この程度、どうということもない」

「でも、早く手当てをしないと」

「私が心配か？」

「はい」

「そうか」

エメラルドの瞳が、少しだけ優しくなった気がした。

「ありがとう」

直後、ダリアがその場で崩れ落ちた。植物の網がすべて消えていった。

ネヴィレッタも崩れ落ちそうだったが、自分を叱咤(しった)してレナート王子とヘルミナ姫に駆け寄った。

「すぐ治しますね」

そう言ってレナート王子の額に手を伸ばした。

だが、レナート王子ははっきり拒絶した。

「治すな」

初めて断られた。ネヴィレッタに接する人間はみんな聖女の力を期待していたのに
――ましてレナート王子は聖女の力を政治利用しようとしていたのに、まさかその聖女の魔法を拒むとは思っていなかった。

「たいした傷ではない。それに思うところがある。治さなくていい」

レナート王子の言葉は明瞭だった。混乱している様子は見受けられない。強い意志を持って話している。

「ですが、すごい出血です」

「だがネヴィレッタ、君も魔力を使いすぎているのではないかね」

指摘されてうつむく。彼の言うとおり、今のネヴィレッタは疲労が泥のように体にまとわりついているのを感じていた。

「優先順位を考えろ」

レナート王子の言葉が胸に突き刺さる。

「誰を癒やして誰を癒やさないか考えろ。自分の魔法は連発できるものではないという

ことを心得て、いざという時に取っておけ」

「でも――」

スカートを、ぎゅ、と握り締める。

「それでは、わたしが癒やす人間を選ぶことになってしまいます」

「それでいい」

あまりにも、厳しすぎる。

「癒やしの力に限界があるならば、取捨選択しろ」

下唇を噛んだ。

出入り口のほうから駆けてくる足音と何かを指示する声が聞こえてくる。顔を上げて
振り向くと、そこにマルスとカイが立っていた。

「殿下、ご指示を」

「何のだ」

「外の群衆がバジム陛下に扇動されて騒いでいます」

レナート王子が、溜息をついた。

「行こう」

「その顔で？」

カイが苦笑すると、レナート王子も苦笑した。

てた。


「ネヴィレッタ」

急に名前を呼ばれて、思わず肩を震わせてしまった。

「すまないが、手当てしてくれないか。くれぐれも魔法を使わず、とりあえず止血だけ頼む」

レナート王子の言葉に、ネヴィレッタはやっと呼吸ができたと思うほど安心した。

看護師見習いとして研鑽(けんさん)を積んできたことが認められたのだ。

ネヴィレッタは頷いて、放り出してきたスカーフを拾い、レナート王子の額に押しあてた。

3

レナート王子の額の傷はかなり大きく、結局ネヴィレッタ一人では対応し切れなかった。直接圧迫して止血はしたが、最終的には気を利かせた魔法騎士が侍医を呼んできて彼がその場で針と糸で縫った。

傷を負った時も痛かっただろうが、縫う時はまた別の痛みがあっただろう。しかし当人は平然としている。

王太子派の侍医は根性があると大絶賛した。けれど、動物は興奮していると痛みを感じにくいものである。ネヴィレッタは彼の意識が途中でぷつりと切れてしまわないかと心配した。

いまさらながら、レナート王子の人生に思いを馳(は)せた。

彼とバジム王の対立は昨日今日に始まったことではない。きっと危機の連続で緊張続きなのだろう。

親と険悪な関係なのはネヴィレッタも同じだ。だが、ネヴィレッタは物心がついた頃から抵抗した記憶がない。レナート王子の場合何が彼を奮い立たせるのかわからない。

ただ、支えてやりたいと思う。

「父上はどこにいる？」

ネヴィレッタが彼の頭部に包帯を巻き終えたところで、彼は魔法騎士たちにそう訊ねた。

「まだ城内にいらっしゃる」

答えたのはマルスだ。

「一階の玄関ホールのほうに向かわれているのをカイが追い掛けている。おそらく城館を出て城門前広場に集まった市民に呼び掛けをなさるおつもりなのではないかと」

今は不思議と兄が怖くなかった。緊張で恐怖感が麻痺(まひ)しているのはネヴィレッタも同じだ。

「それでは我々もそちらに向かおう。王太子殿下の名の下で王を拘束する。責任は私が取るから安心して暴れたまえ」

そう言いながら、レナート王子が立ち上がった。

本当ならここで患者の無茶な行動を止めるべきだ。しかし、今は彼に立ち続けてもらわなければならない。彼が立ち止まった時はガラム王国が死ぬだろう。

彼はこの王国の人柱になることを買って出ている。

ネヴィレッタは止めなかった。消毒液とレナート王子の血のにおいがする手を組み合わせて、軽く頭を下げ、目を伏せた。

「行ってはだめです」

そこで声を上げた者があった。

ヘルミナ姫だ。

ガラム王国の人々がネヴィレッタ同様沈黙する中、メダード王国から来た彼女だけが口を開いた。

彼女のほうを見た。

泣き腫らした真っ赤な顔は普段の可憐な容貌からは程遠く、髪も乱れ、叫び続けた結果声も潰れてがらがらだ。そして、今なお恐怖に支配されて感情的になっている。

「行ってはだめ……！　死んでしまいます」

彼女はレナート王子の腕にしがみついた。

「こんな恐ろしいことはありませんわ！ もうありえない。これ以上いったい何をなさるおつもりなの」

「ヘルミナ」

「もういいではありませんか！ 戦争でも何でも好きにさせたらいいです、あなたさまは逃げましょう、こんなことの犠牲になってしまうなんてわたくしは嫌です」

「そうかね」

レナート王子は相変わらず静かに笑っている。

「ならばメダード王国に帰るといい。こんな恐ろしい国にはこれ以上長居できまい」

彼の言葉にショックを受けたらしい。ヘルミナ姫が喉を詰まらせてまた目に涙を浮かべる。

そんな彼女の様子を見て、レナート王子は苦笑した。

「すまない。私が王子でなかったら喜んだかもしれないのにな」

ヘルミナ姫は黙った。レナート王子から手を離し、呆然と彼を見つめた。

「では、行こう。やる気のある魔法騎士は私とともに来たまえ。乱闘沙汰になるぞ」

歩き出したレナート王子の後ろを、マルスが早足でついていく。

「ダリア、あなたはネヴィレッタとヘルミナ姫を見張っていてくれ」

そんなマルスの言葉に、ダリアは力強い声で「わかりました」と言って微笑んだ。とはいえ力強いのは声だけで、先ほどようやく立ち上がれるようになったばかりで、本調子ではない。彼女がこれ以上魔法を使うのは危険だろう。自分も行く、と言い出さないのは、魔力の枯渇を自覚しているからに違いない。

男性陣が出ていく。残されたのはネヴィレッタ、ヘルミナ姫、ダリア、そしてフナル山に出掛けた時に護衛としてついてきてくれたあの魔法騎士たち二人と、女性ばかり五人だけだ。

大勢の人の叫び声が聞こえる。城のそばで民衆が騒いでいるのだろう。しかし何枚かの壁を通したここではくぐもって聞こえて非常に遠く感じた。会議場の中は不気味なほど静かだ。ここにいれば安全のような気がした。

「ヘルミナ姫さま」

ネヴィレッタはヘルミナ姫に向き直った。するとヘルミナ姫のほうがネヴィレッタに抱きついてきた。幼子のように声を上げて泣く。

「どうしてこんなことに……！」

泣きじゃくる彼女を、強く、強く、抱き締める。あんず色の髪に頰を寄せ、できる限り密着する。

「わたくしの人生って何なのかしら……！　生まれた時から兄上さまや姉上さまたちに

嫌われ、父上さまや母上さまには馬鹿でみっともない娘だと言われ続けて、やっとあの城を抜け出せた、やっと運命の人に出会えたと思ったら、戦争の口実にされるなんて。ずっとずっと家のため、国のために振り回されている……」

ネヴィレッタは何度も頷いた。

彼女は過去に選択してきた何かの分岐点が違った時のネヴィレッタの姿だった。ネヴィレッタも妹には嘲笑(あざわら)われ、両親には不出来で恥ずかしい娘だと言われて、家の名誉のために魂喰らいと会った。自分と彼女とでは何が違うのか、ネヴィレッタには明言できない。

でも、ネヴィレッタなら、こんなことは言わないだろう。

ネヴィレッタなら、嘆かない。

それは吐き出せない弱さであると同時に吐き出さない強さでもある。

自分は強くなったのだと、ネヴィレッタは確信した。

「姫さま」

優しい声で、厳しいことを言った。

「その運命の人が何を求めているのか、察してくださいませんか」

今、世界で一番彼女に共感していて、その上で叱咤できるのは、自分なのだ。

「時には逃げることも必要ですが、それは今ではないと思います。いえ、今逃げないで戦うことを、わたしたちは求めています。その期待にこたえていただければ、姫さまご自身がご自分に自信を持てると思うのですが、どうですか」

ネヴィレッタの言葉を、ヘルミナ姫は真剣に聞いていた。彼女は顔を上げて濡れたガーネットの瞳でネヴィレッタを見つめていた。

「わたしたちは戦います。ガラム王国の安定のために。大陸の安定のために。でもそれは、わたしたち自身を救うためなのです。わたしたち自身の幸せな暮らしのために、安定的な平和が必要なのです。それを、姫さまも考えてくださいませんか」

「ネヴィレッタ……」

「思い出してください。フラック村でのこと。あの時、姫さまは村での静かな暮らしのためにがんばらないといけないとおっしゃいました。あれは、嘘だったのですか？」

ヘルミナ姫は、ネヴィレッタを見上げて、わずかながら沈黙した。

少し、間があいた。

ネヴィレッタがだめかと諦めそうになった時、ヘルミナ姫は、大きく頷いた。

「わたくしも、強くならねばならないのね」

胸を撫で下ろした。

「わたくしもレナートさまのもとへ行ってもいいかしら？　バジムさまに申し上げます。戦争には絶対に反対ですと。わたくしを口実にして戦争をしようとなさらないでくださいと」

彼女の瞳に、強い意志が灯った。

「何ができるか考えるわ。レナートさまの役に立って、平和なガラム王国の王妃になるのよ」

彼女の華奢な白くてすべすべとした手が、血と消毒液の香りがするネヴィレッタの手を、強く握った。

「そうね……、民衆が正門にいるバジムさまに注目しているようなら、わたくしも正門のほうに向かって何か呼び掛けてみるわ。わたくしとレナートさまを、それから、ガラム王国の平和を選んでほしいと呼び掛けてみる。どうかしら」

「頼もしいです」

そこまで言うと、ヘルミナ姫はダリアのほうを振り向いた。ネヴィレッタも、ダリアのほうを見た。

ダリアは微笑んでこう言った。

「まあ、マルスは私にネヴィレッタさんと姫様を見ていろとは言いましたが、ここにいろとは言っていませんでしたからね」

三人はそれぞれの顔を見て、互いに頷き合った。

「まいりましょうか」

歩き出す。

迷わない。

戦うのだ。

三人の思いの強さを感じ取ってくれたらしい例の魔法騎士二人が、重い両開きの扉を開けてくれた。

そこで、また想定外のことが起きた。

通路を右から左へ炎の球体が通りすぎていったのだ。

熱い。

五人とも身を引いて会議場の中に一歩分だけ戻った。

外から爆発音がする。フナル山での事件の時と状況が似ている。けれど今は実体のある炎が燃えている。壁に掛けられた絵画や花瓶に活けられた花に火がついた。

怖い。

「どうしましょう」

ヘルミナ姫がそう言うと、魔法騎士たちが「なんとかしてみます」「少しお待ちください」と言って、それぞれが両手の指を組み合わせて呪文を唱えた。足元に水が噴き出す。そういえば彼女らは水属性の魔法使いだった。

これでなんとかなるかも、と期待したのも束の間だ。

また爆発音が響いて、火の玉が飛んできた。

襲ってきた火は魔法騎士たちが消し止めてくれたおかげで火傷まではせずに済んだが、廊下を焼き尽くそうとしている床や壁の炎はまたもや勢いを盛り返していた。

「王の魔法が強すぎる……！」

一同が立ち尽くした、その次の時だ。

地面が一瞬、ぐらりと揺れた。

よろけそうになったところを、ダリアが腕をつかんで支えてくれた。

「今のは――」

廊下の床、大理石と大理石の間から、白い粉のようなものが一斉に噴出した。その粉は噴水のように天井へ向かって飛び上がると、周りを荒らす炎の上に降りかかった。

炎が、あっという間に消えていった。

温度が、急激に下がっていく。

「……なに……？」

ダリアがその場にしゃがみ込み、粉に触れた。

「石灰岩……」

なじんだ魔力の香りが、した。

＊＊＊

警備兵たちに玄関の扉を開けさせた。

途端、国王陛下万歳、を叫ぶ民衆の声を全身に浴びた。

バジムは満足して頷いた。

喜びで気分がたかぶっている。

これでまた戦争ができる。

このままだとメダード王国相手に妥協した王という汚名が残りかねない。今度こそ完勝して、ガラム王国の支配圏を広げてやる。

メダード王国だけではない。それを足掛かりにもっと進軍していって、ガラム王国史上もっとも領土を獲得した王になるのだ。今のガラム王国の魔法使いたちを利用できればきっと楽勝だ。

気持ちがよかった。

愚かな人間どもの世界を踏みつけてその頂点に立つ瞬間は、いったいどれほどの快感だろう。

「陛下」

黒い服を着た青年たちが近づいてきた。

「準備が整いました」

彼らは火属性の魔法使いだ。使い勝手の悪い魔法騎士団には入れずに手元で飼い慣らしてきた組織の面々だ。次男三男として領地や爵位を与えられず不遇に過ごしてきた者たちなので、ちょっと褒めてやるだけですぐ喜ぶ。便利で扱いやすい、自分の思ったとおりに動く駒である。

今回もそうだ。メダード王国を滅ぼすことがガラム王国のためなのだと教え込んだら、簡単にヘルミナ姫へ敵意を向けるようになった。フナル山での活動も表向きは彼らが自主的にやったことになっている。

たまには褒美をやってもいいかもしれない、と思わなくもない。あまりやりすぎると増長するので飴と鞭を使い分けねばならないが、今は気分がいいから検討してやる。

彼らも、仕事をしてくれた。

バジムが教えたとおりに、エルドに熱を植えつけてきた。

人体は体温が上がれば上がるほど免疫機能が活性化する。そして、魔法使いの場合は、一定の水準に達すると免疫機能に刺激されすぎた魔力が沸騰するようにできている。結果、熱を持った魔力と免疫機能が衝突して、コントロールが利かなくなるはずだ。最終的に、肉体の強度が体内をのたうち回る魔力の量に負ければ、人体は活動を停止する。

火属性の魔法使いが炎を使わずに魔法使いの体を破壊する魔法だ。

これで大陸最強の魔法使いすらも死に追いやることが可能だと実証できれば、その他の雑魚など簡単に支配できる。

他者を支配するということは、こんなにも気持ちいい。

「では、民衆への呼び掛けに向かおう」

バジムは城門前広場のほうへ足を踏み出した。

魔法使いですらない一般民衆など家畜と一緒だ。ベルを鳴らして導いてやらねばならない。

最強の魔法使いを倒した。もう邪魔をする者はいない。

ふと、これでまた地属性が一人減ってしまった、というのが脳裏をよぎっていく。それはもったいないことをした気もする。

昔、地属性がもう少しいた頃、彼らを山につないで宝石を掘らせたことがある。あの魔法使いたちはみんな死んでしまった。ガラム王国の富の源泉だったのに残念だ。地属性はすぐ死ぬ。もう少しうまく管理して、つがいにして子供を産ませて数を増やしておくべきだった。

名案を思いついた。

自分がヘルミナと結婚するのはどうだろう。彼女に子供を産ませれば、地属性の魔法使いが出てくるかもしれない。その上、こざかしくて生意気なレナートに王位を明け渡さなくても済むのではないか。

そこまで考えついて笑った時——突然だった。

地面がわなないた。

嫌な予感がした。

振り向いた。

城の壁面がひび割れを起こした。そしてその割れ目から突如白い粉が大量に噴出した。

白い粉が、魔法で焚いた炎を消し止めていく。

「何だ、これは」

見たことのない魔法だ。

液体ではない。つまり水属性の魔法ではない。

気体ではない。つまり風属性の魔法ではない。

火属性の魔法使いならば火を消すためだけにわざわざなんらかの物質を用いる必要はない。

残る属性はひとつだけだ。

白い大地のかけらが、空できらきらと輝いている。

第8章　そして世界に花が咲いた

1

昔、まだ魔法騎士団に所属したばかりの頃、地属性の先輩だったバーニオについて魔法騎士見習いをしていた時のことを思い出した。

バーニオもダリアもひとにものを教えるのが上手で、褒めることと叱ることのバランスを取るのがうまかった。そのため、エルドは、バーニオに叱られてはダリアに甘え、ダリアに叱られてはバーニオに甘えるようにすることができた。彼らはそんなふうに二人の間を行き来するエルドを厳しく罰することはせず、優しく見守ってくれていた。

ダリアが技術を教えてくれるのに対して、バーニオは知識を教えてくれることが多かった。彼は定期的に本を持ってきてはエルドに読むよう勧めた。

――いいか、エルド、地属性は錬金術に詳しくならないとだめだ。

しかし、当時のエルドは学問の価値を見出せずにいた。理論がわからなくても、ダリアが経験と感性で教えてくれる技術を身につけていけば、何でもできるような気がしていた。実際エルドは生まれつき魔法のセンスがあったので、理屈をこねなくても力技ですべてをどうにかできるようになっていた。魔法を使うことに関しては、困ったことなど一度もなかった。

——どうして？　難しいことがわからなくても魔法が使えれば十分だよ。

バーニオはそういう態度を決して許さなかった。

——知識があれば、いざという時に思いつく術式の数が増える。つまり、もっと難しいことができる。魔力がうまく使えない状況になった時にきっと役に立つ。

そんな日が本当に来るのだろうか。神童として育ったエルドにはぴんと来なかった。自分には何でもできる気がしていた。

今ならバーニオが言っていたことの意味がわかる。

バーニオのあの教育がなかったら、自分は世界に破滅と崩壊をもたらすだけの兵器になり果てていただろう。

この状況で、誰も傷つけずに使える術式は、何か。それを導き出せるのは、知識であり学問なのだ。

錬金術を勉強していてよかった。バーニオに深く感謝する。

——本当に守りたいものを守るために、賢くなるんだぞ。

そう言って肩を抱いてくれた彼の大きな手のぬくもりを思い出す。

久しぶりにバーニオの夢を見ている。ダリアと会って話せたからだろう。あの二人はエルドの魔法使いとしての原点で、見習うべき手本だった。今のエルドは経験も知識も身長も全部二人の全盛期をとっくに超えてしまっているが、あの二人の教えは今も息づいている。

夢の場面が切り替わる。

ダリアが出てきて、まだ幼いエルドの頭を小突く。

——もう、エルド、あなたは魔力を垂れ流しなんですから。

あの時はわからなかったことが、今なら、わかる。

——自分の魔力にもっと敏感になりなさい。どう使えばどう増減するのか、よく勉強しなければいけませんよ。

「……そうか」

目を開けて、自分の手の平を見た。

手の輪郭が光るほど魔力があふれ出して、そのへんに撒き散らされている。

感じているだけではだめだ。考えないとだめだ。

それに思い至った瞬間、エルドは魔力を自ら爆発させた。

2

白い粉はすぐに地面へ落ちていった。そんなに長く舞い続けることなく、炎の上に覆いかぶさるようにして床にこびりついた。

「吸わないようにね」

粉末の波を踏み締めて、エルドがネヴィレッタの前に立つ。

「たぶん肺には良くないものなんだ。成分はだいぶ調整したけど、念のため、ね」

ネヴィレッタは一瞬自分の目を疑った。あんなにひどく体調を崩していたのに、今は二本の足で立っている。その上、不思議で複雑な魔法を使っている。天才はどこまでも天才なのだ。

「大丈夫なの……？」

問い掛けると、彼は「あんまり」と答えた。よく見てみれば、その頬は赤く火照っていて、手は小さく震えている。まだ本調子とは言えなさそうだ。

「でも、原因が、わかったから」

「何ですって」

「魔力が熱を持ってすごい量に増えた。普段から体という器の十割を魔力でいっぱいにしていたツケが来た。突然二倍くらいになったところを、ここに来るまでに使って、散らして、減らして、なんとか今一・五倍くらい」

「魔力って、余ると体調を崩すものなの？」

「つらいよ」

はあ、と息を吐く。

「肉体の限界を超えていて、すごくつらい。吐きそうだ」

そこまで説明されて、ようやく納得した。

エルドに向かって手を伸ばし、彼の腕をつかんだ。熱はまだ下がり切っていない。

目を閉じて、エルドの体内をめぐる魔力に触れようと試みる。そんなに意識を集中しなくても、エルドの体から魔力が漏れ出ているのがわかる。その流れさえつかめれば、あとは特に難しいことはない。一度感覚をつかめたことで、目を開けても魔力が光の渦となって体という器からあふれ出てしまっている状態が見えた。聖女といっても魔力量は人並みしかなく、器は常に八割程度で推移していると認識しているネヴィレッタには、起こらない現象だ。

何がきっかけでこんなことになったのかはわからない。誰か、第三者の魔法が入り込んで悪さをしているような気はしたものの、確たる証拠はない。

けれど今はそれを議論している場合ではない。まずは対症療法だ。どうにかできないものか。

考える。

魔力を減らす。

魔力を体から出す。

先ほどの、会議場の周辺でパニックを起こしていた人々から魔力があふれ出て、それをネヴィレッタが受け止めた時のことを思い出した。

あの時、自分は、彼らから暴走していた魔力を吸い上げる魔法を使えた気がする。

魔力があふれるほど増えると体温が上がって苦しい、ということは、魔力を減らしてやれば熱が下がるのではないか。

「ねえ、ネヴィレッタ」

エルドの両手が、ネヴィレッタの肩をつかむ。

「苦しい。ネヴィレッタの魔法でどうにかしてもらえないかな」

効果があるかどうかはわからないが、試してみないとわからない。

大切なエルドでいちかばちかの実験をするのは少しだけためらわれる。だが、今は少しでも早く楽になれるかもしれない方法をとってみたい。

彼の体を、抱き締めた。

魔力の流れを強く意識する。見えない手で魔力の筋をつかむ。こちらに引き寄せる。

ゆっくり、彼の魔力がネヴィレッタの体の中に入ってくる。

彼の魔力をネヴィレッタの器が吸収している。

うまくいっている。

けれど、時間がかかる。もどかしい。もっと早く、もっと多くを吸い出せないだろうか。

もっと深く、つながることができれば。

そう思った時、ふと、頭の中をひとつの手段がよぎっていった。

吸ったり吸われたりする方法が、あるではないか。

思いついた瞬間、ネヴィレッタはわずかに羞恥を感じた。しかし、ためらっている場合ではない。こうしている間もエルドは苦しいかもしれないし、目の前のエルドのことばかり考えているせいで忘れてしまいそうになるが、自分たちにはレナート王子を助けてバジム王の暴走を止めるという使命もある。急ぐべきだ。

少しだけ、背伸びをした。

そして、エルドの唇に自分の唇を押しつけた。

口から口へ、直接魔力を吸い出す。

しっとりと濡れた感触は、思いのほか心地よい。彼の体温が異常に高いのが少し怖いけれど、触れ合うこと自体は恐ろしいことではない。

エルドの魔力が口からあふれ出るのを、受け止める。飲み込み、喉を伝って落ちていくのを感じて、腹の中に収める。

甘く、やわく、いとおしい時間だった。それはほんのわずかな、十を数えるかどうかの時間だったが、永遠にも等しい時間だった。

　エルドが体を起こした。

「すっきりした！」

　改めてエルドの額に触れてみたところ、体温も平熱に戻っているようだった。顔色もいい。魔法は成功した。

「よかった……！」

　ついでに、ネヴィレッタ自身も体が元気になっているのを感じることができた。エルドの魔力を自分のものに変換することで、心身の疲労が一気に回復したのだ。魔力が満杯になった。これでまた好きなタイミングで癒やし魔法を使うことができる。

　エルドが肩を回す。

「よし。いつもの調子に戻ったぞ。これでちゃんといい具合に魔法を使える。暴発しまくってた分を取り返す」

　そこまで言うと、彼はネヴィレッタの額に軽く口づけた。

「こういうのも怪我の功名と言うのかな。君からこんなことをしてもらえるなんて僕は幸せな奴だね」

　彼のその言葉を聞いて、はっと我に返った。

　周りを見回すと、女性陣が温かい目でこちらを見ていた。

　頬が真っ赤に染まった。

「じゃ、僕はレナート殿下がいるところに行こうと思うけど、どこに行けばいいか知っている？」

魔法騎士の一人が答える。

「城門前広場に向かったはずです。陛下がそちらにいるようなので」

「そうか。僕もそっちに行くか」

ヘルミナ姫が言った。

「わたくしたちも行くわ！　レナートさまをお助けして、バジムさまをお止めするの」

エルドがヘルミナ姫を見下ろす。

「どうやって？」

彼女は力いっぱいの声で答えた。

「今から考えます！」

エルドは笑って「いいよ、一緒に行こう」と言ってくれた。

今度こそ、一同は城門前広場を目指して小走りで移動を始めた。

3

玄関に近づくにつれて、城門前広場に詰めかけた群衆の叫び声が大きくなっていく。

エルドたちが玄関にたどりつくと、マルスやレナート王子も玄関ホールにいた。彼らは、玄関で内側から扉にかんぬきをかけて城内を防御していた魔法騎士たちに、外へ出るのを止められていた。

「この扉のすぐ外に陛下がおられて、市民に呼び掛けを行っているようです。ガラム王国は素晴らしい魔法国家なので卑しい外国に膝を屈することはない、というようなことをもっと下品な言葉でおっしゃっています」

「馬鹿な。戦争の勝ち負けだけが外交ではない。膝を屈したり屈させたりしない政治が思いつかないのか？」

「どうもそのようです。僕はこの国で一番まともな外交官はあなた様だと思っています」

魔法騎士の青年が至極真面目な顔でそう答えたので、レナート王子はおもしろくなったらしく笑った。

そばにいた魔法騎士の女性が、レナート王子の顔を見て「お怪我を？」と問い掛けてきた。レナート王子の額には包帯が巻かれ、顔には乾きつつあるものの拭い切れなかった血液がこびりついている。服の襟や肩にも血痕が残っていた。

「ちょっと父上に突き飛ばされて、石の階段を何段か転がってしまった。反射神経がないようだ」

「まあ。それでは父上様に怪我をさせられたのではございませんか」

また別の魔法騎士の青年が話し掛けてくる。

「とにかく、殿下をここからお出しすることはできません。すぐそばに陛下がいらっしゃるんですからね」

「では裏から出るか。北側の廊下から裏庭に出られるので、そちらから正門にまわる」

「お供致します」

数人の魔法騎士がついてきた。彼ら彼女らもエルドが何者か知っているはずなので、戦力としては無用であることはわかっているはずだ。それでもついてきてこの国の行く末を見ようとしている。魔法騎士団もまだ捨てたものではない。

レナート王子の先導で裏庭に行くと、そこにはひとけがなかった。近衛の兵士が一人見守っているようだったが、彼もレナート王子の顔を見てぎょっとした後、特に深く問わずに通してくれた。城内にもレナート王子の味方がたくさんいる。しかし普段は協力することをバジム王の命令で差し止められているのだろう。王のいないところではみんな態度が変わる。

建物の外部を迂回(うかい)し、正門の東側に出た。

そこでは大勢の人たちが拳を突き上げて叫び声を上げていた。

耳を傾けてみると、彼らは思い思いの気持ちを言葉にしていた。ある者はバジム王万歳と言い、ある者はレナート王子万歳と言う。めちゃくちゃだった。

いずれにせよみんなパニック状態なのは一緒だ。ここで出ていくとどんな暴力に遭遇するかわからない。

かといって魔法を使うのは難しい。エルドの魔法は人間を対象にして発動させるには大きすぎる。マルスの魔法も攻撃に特化していて、一般民衆に向けるのは危険だ。レナート王子の魔法など論外である。

さて、どうしたものか。

悩んでいるうちに、雲行きが変わってきた。文字どおり空が曇り始めたのだ。雲が集まってきて、あたりが暗くなっていく。

気がついた時には、雨が降り出していた。

雨が、全身を濡らす。城門前広場に集まった人々の頭上に降り注ぐ。それはあたかも山火事を湿らせて鎮火する恵みの雨のようだった。

民衆が一時的に静かになった。頭の上に手をかざして、なんとか雨をしのごうとする。そうこうしているうちにも雨足はどんどん強くなっていく。

「見ろ」

マルスが言った。

「玄関扉の前だ」

そちらに目を向けた。

大勢の群衆を前にして扉を守るように立っている人々の姿があった。魔法騎士たちだ。内と外の両側から扉を閉ざしていたのだ。

扉の真正面に、青い髪の女性が立っていた。

雨の中、乱れた髪が頬にかかっている美しい女性は、セリケだった。

彼女は両手を空に上げ、何かを招くように指先を動かしていた。

「特大魔法を使ったな」

セリケが雨を降らせている。水属性の魔法使いとして彼女が使える最大の魔法だ。

天候を変える魔法は魔力の消耗度合いも大きい。早めに対応しないと彼女が倒れかねない。

レナート王子が壁の陰から躍り出た。民衆はそれまで広場に設置された舞台の上に立つバジム王に顔を向けていたが、振り返るようにしてレナート王子のほうを見た。

「諸君！　私の話を聞いてほしい！」

そして、玄関扉のほうに向かって「セリケ、やめろ！」と怒鳴るように言った。セリケはすぐに気づいて、手をおろし、大きく深呼吸をした。

雨足が弱まっていく。雲の厚みが変わっていく。

雲と雲の間にできた隙間から、天使の梯子（はしご）がおりた。

「私は争いを望まない！」

レナート王子の言葉に、みんなが耳を傾けている。

「メダード王国との間でも、父上との間でも。国外でも国内でも、私は揉め事を好まない」

玄関扉のほう、セリケからそう距離のないところに立っていたバジム王が、「馬鹿な！」と叫んだ。

「それではどうやって国を守る⁉　ガラム王国は何度も攻め込まれてきた！　今度こそやり返すべきだ！　攻撃は最大の防御である、攻撃こそが自衛であり国防だ！」

「黙れ！」

レナート王子の一喝に、バジム王が頬を引きつらせる。

「あなたとの争いを望まないと言ってやる私の恩情に感謝していただきたいものだ。あなたは国家を危険にさらす悪逆の王であり、王太子に怪我を負わせることで内政にも失敗した敗北者だぞ」

そう言った途端、民衆が騒ぎ出した。

「なんと、殿下のお怪我は陛下によるものだったのか！」

「父親でありながら息子に怪我をさせるとは、許せん！」

ふたたび民衆が騒ぎ出した。

「レナートはメダード王国に通じる売国奴で――」

「我が身を危険にさらしてまで王に諫言する素晴らしい王子！」

エルドは、なるほど、と思った。今のぼろぼろのレナート王子の姿は民衆には痛々しく見えるのだ。ネヴィレッタに治させなかったのは、こうして民衆の同情を買うためだったのである。なんという計算高さか。政治的演出のためなら彼は我が身の痛みくらいどうということもないのだ。

民衆が、今度はバジム王に向かって詰め寄せる。少数ながらもまだバジム王の味方をしようとする人々が、逆流してこようとする。

人々の流れがぶつかり合う。

圧死してしまう。

「さて、どうするか」

レナート王子が呟いた、その時だった。

空から、白いものがひらひらと舞い落ちてきた。

はじめは雪かと思った。だが、春も近づいている今日の気温はそれほど低くない。セリケも魔法を使っていない様子だ。空からこれ以上何かが降ってくるなど、ありえない
――はずだった。

白いものが、ひらひら、ふわふわ、と、いくつもいくつも降ってくる。混乱した人々

の上へ、暴力的な衝動に駆られた人々の上へ、ゆがんだ正義感に侵された人々の上へ、たくさんの白いものが落ちてくる。

みんな、動きを止めた。

そして、空を見上げた。

エルドは、白いものに手を伸ばした。

それは、花びらだった。

可憐な白い花びらが、数え切れないほど降り注いでいる。

たくさんの花びらが舞って人々の頭や地面を覆い尽くす様子は、幻想的だった。

「皆さん」

若い女性の大きな声が、空から聞こえてきた。

顔を上げた。

空ではなかった。城にある高い塔のベランダからあんず色の髪の娘が身を乗り出して、こちらに向かって語り掛けていた。

その場にいた全員の視線が、彼女に集まった。

「レナートさまは争いを望んでおられません」

彼女は――ヘルミナは、空から大量の花びらを降らせながら、訴えた。

「わたくしも望んでいません。父に――メダード国王に忠言します。ガラム王国との和平を強化すべきだと」
驚いた。ダリアの陰に隠れて泣いていた娘と同一人物だとは思えなかった。
「ガラム王国に平和の使者として赴くと誓ったので、わたくしがレナートさまのおそばにいる限りこれは有効です。そして、それが破綻した時、あなたがたを非難するのは国際社会です。誓いを破った者は必ず世界から報いを受けるでしょう」
細い声をせいいっぱい張り上げて融和を説く姿は、もう一人聖女が現れたのかと思うような奇跡を演出した。
「落ち着いてください！　そんなことになるのはお嫌でしょう？　とはいえ、不安にな
るのはもっともです。心配してくださるのも嬉しいです。ですが、冷静に。――そし
て」

民衆が――きっと両国の国民が――もっといえば世界が、彼女に注目している。
「改めて考えましょう。この国がどうなっていったらいいのか。そのためには何を得て
何を捨てればいいのか……、わたくしも一緒に考えます！」
一度、きゅっと唇を噛み締める。
「わたくし、何もできませんけれど！　一緒に考えます！　だから、考えないように、
考えさせないようにしている人の言葉に、騙されないでください！」
彼女の呼び掛けは、そこで終わった。

「そちらに行きますね！」

そう言って、彼女は塔の中へ引っ込んでいった。

広場が、静まり返った。

レナート王子が、静かに玄関扉のほうに歩み寄っていく。エルドもマルスも、その後に続いた。

「諸君」

レナート王子の言葉に、みんな、聞き入る。

「国家を転覆させようとしているのはどちらか、明白だろう」

民衆が騒ぎ出す前に、彼は「しかし！」と強い声を出した。

「我々がなすべきは暴力革命ではない！ 我が妃の言うとおり、みんなで話し合おうではないか」

そして、彼は、言った。

「ここから先は法に従おう。私は素直に従う」

バジム王のほうを見る。

「誰が従うものか！」

王は唾を飛ばして怒鳴った。

「私が国家だ！」

もはや誰も彼に同調しなかった。

どこからともなく、声が聞こえてきた。

「レナート王子万歳！」

その声を合図に、民衆が両手を上げた。

「レナート王子万歳！」

「ヘルミナ姫万歳！」

「ヘルミナ姫万歳！」

王が歯ぎしりをした。

4

レナート王子が父王に近づいた。

念のためエルドとマルスもレナート王子に続いて王のそばに寄った。

不意に銀の一閃（いっせん）が走った。

バジム王が剣を抜いていた。彼が常に腰にさげていた王のための宝剣だ。

危ない。レナート王子は初手をすんでのところでかわしたが、今後もずっとそれが成功するとは思えない。

この期に及んで暴力に訴えようというのか。
今度こそ魔法を使って力ずくで止めようと決意した時——
剣は予想外のほうへ動いた。
「法なんぞに殺されてたまるか！」
バジム王自身の首に、向かった。
王は、自分の首に、刃を添わせ、引いた。
鮮血が噴き出した。
群衆から悲鳴が上がった。
王が剣を地面に落とした。そして、膝をついた。
騎士たちや魔法騎士たち、近衛兵らが駆け寄ってくる。
「こんなところでは死なせてやらないぞ」
レナート王子が父王の首を押さえた。
「勝手に死ぬな！　みんなの前でひざまずいて自分が間違っていたと言え！」
それが嘘偽りのない王子の本音に違いない。
けれど今はそれをあれこれ言う時間はない。
不意にエルドの隣を通り過ぎる者があった。
風に、長い髪の紫がかった毛先が揺れていた。宵闇の天頂の色だった。

日暮れの、夕焼けの色だった。

彼女のほうを見た。

彼女は——ネヴィレッタは、慈愛に満ちた表情で、バジム王に歩み寄っていた。

彼女の白い手が伸びた。

「治します」

とても強い、はっきりとした言葉で、言った。

「あなたさまはここで死ぬべきではありません。法に則って、裁きを受けましょう」

それが彼女の選択なのだ。

彼女が、自ら、おのれの魔法の使い道を選んだ。それを、尊重すべきだと思った。

淡い光が彼女を包んだ。その光はやがて王の体をも包み込んだ。王の首からあふれる血が止まり、首の傷がふさがった。

レナート王子が言った。

「陛下はご乱心だ。安全のために、拘束しろ」

周りにいた騎士たちがその言葉に忠実に従って王の手首や肩をつかんだ。

集まっていた人々は、今度は混乱する様子を見せなかった。ただ、誰かが言った「聖女様万歳」の言葉に続いてぽつぽつと同じことを言う人がいるだけで、これ以上暴動が起こることはなかった。彼らはバジム王の言葉を否定してレナート王子を選び取ることに決めたのだ。

バジム王はもはやこれまでだ。

彼は息子を見上げてにらみつけた。

その拍子に、息子の周りにいる人間も目に入ってきたらしい。彼の目がエルドに留まった。目が合ってしまった。エルドはそれを単純に不快だと思っただけだったが、バジム王のほうは驚いた顔をして声を震わせた。

「なぜ貴様がここにいる」

エルドは「え、僕？」と呟いて眉間にしわを寄せた。

「わからないけど、なんとなく国の危機に立ち会わないといけないような気がして」

「そうではない」

彼の言葉を聞いて、エルドは驚愕した。

「貴様には強い魔法をかけたはずだ。今頃爆死しているはずだったのに、どうして生きている？」

魔法をかけられた――いつだ。バジム王とはこれが数ヵ月ぶりの対面のはずだ。

だが、彼は火属性の魔法使いだ。体内に爆発物を仕掛けることぐらいできるのかもしれない。それに、魔力の暴走を感じたきっかけは、かぼちゃをふかすためにマッチに火をつけたことだった。火を見ることを引き金に魔法が発動する、というのは、火属性なら可能なことであるように思われた。魔法国家ガラム王国の頂点に立つ魔法使いのバジム王は、当然有能な魔法使いだ。

彼は、魔法使いの頂点に立っている。

彼の下には、無名の魔法使いが大勢ついている。

無名の火属性の魔法使いと接触した瞬間なら、思い出せる。

「フナル山か」

そう言うと、バジム王が「鈍感だな」と笑った。

「私が開発した魔法の術式を家来たちに教え込んだ。彼らは私に忠実に正確な魔法をかけることができたはずだ」

背中に触れられたあの瞬間、火属性の魔法にとりつかれていたのだ。

「魔力を沸騰させても生きていられるとは、さすが魂喰らいの化け物だ」

背筋を冷たいものが流れた。魔力を沸騰させられるとは、なんと恐ろしい魔法だろう。

常に魔力が表面張力を起こしている状態で生きているエルドでは、ちょっと煮えて水面が揺れるだけでも魔力があふれ出る。それが本格的に沸き立ったらどうなるのか、今回思い知った。

「怖すぎ」

やはり手が届く範囲に人間が大勢いるところに行くべきではない、と思ってしまったのはちょっと他責すぎるか。常に魔力を制限しろというダリアの忠告をもっとちゃんと実践しておくべきだった、と思うのが正解かもしれない。

「役立たずめ」

バジム王が吐き出すように言う。

「どいつもこいつも無能……！　こんなことならばもっと使える魔法使いを集めておけばよかった」

レナート王子が「集めて？」と繰り返すと、王は息子にこういう言葉を投げつけた。

「魔法使いを育てるのは金と労力がかかるだけの無駄なことだった。魔法使いを搔き集めて、使えないのは処分して、使えるのだけ選別して私の周りを固めるべきだった」

魔法使いたちが絶句する。エルドも言葉を失った。自分自身も魔法使い狩りにあって王都に連れてこられた身の上だ。その魔法使い狩りをもっと進めようと考えた彼はもはや王ではない。

「あなたはひとの上に立つべきではない」

レナート王子がそう言った。

誰も否定しなかった。

大きな悲しみと静かな怒りだけが、その場を支配していた。けれどそれはただバジム王に冷たい視線として注がれただけで、もう暴走する心配はなさそうだった。ガラム王国は争いを望まないレナート王子を選んだのである。

第9章　ひとつの時代の終わり

1

その翌日、今度はレナート王子が突然高熱を出して起き上がれなくなった。

世間は天地がひっくり返ったかと思うほどの大騒ぎだったが、ネヴィレッタだけは冷静だった。彼の手首に触れて様子を見たところ、魔力が極端に増えているわけでもなく、悪いものが入ったわけでもなく、額の傷が化膿（かのう）しているわけでもなかったからだ。単純に疲労が噴出したのだろう。少しだけ魔力が弱まっているようだったため、回復するまでゆっくり寝かせるように、とだけ告げて、エルドとともにフラック村に帰ることにした。

魔力の消耗はまったく不可逆的なわけではない。適切なタイミングで睡眠と食事を取ればある程度は回復する。レナート王子にも自己治癒力を期待した。

また、魔力の残量を考えて安易に治すな、と言っていたのはレナート王子自身だ。ネヴィレッタも村で休んで気力と体力の調子を万全にして、しばらく様子を見てもレナート王子が治っていなかったら癒やしに来る、ということで侍医や大臣たちと合意した。

民衆はネヴィレッタの判断を支持してくれた。魔法大国ガラム王国の民は魔法使いが魔力切れを起こすと死ぬことを理解しているので、聖女がいなくなることを危惧してくれたのだと思われる。侍医が広報官を通じてレナート王子の病状とネヴィレッタの診断を説明したところ、混乱はある程度収まった。

フラック村に帰りついたところ、ネヴィレッタは、領主館を見て膝から崩れ落ちた。

領主館全体が植物に覆われて、密林の中の廃墟と化していたからだ。

「なに……これ……！」

隣に立っていたエルドが、「ごめん」と呟いた。

「建物の中には人間がいないようだったので……誰にも迷惑をかけずに魔力を解放するとなると、こういう……」

「あなたの仕業なのね……！」

よく考えてみれば、ヘルミナ姫もこういう魔法を使うタイプである。地属性という連中は、と思ったが、こうして魔力を発散させたから動けるようになったのだと言われれば、涙を呑んで許してやるしかない。翌日以降に魔法で枯らしてもらうと固く約束させてから、村長に事情を話して、ひと晩彼の家に泊めてもらった。

領主館をもとに戻してから五日経った頃、ローリアから城の遣いが来た。レナート王子が起き上がる気配がないというのだ。仕方なく王城に戻る。

今度はすぐに癒やし魔法をかけてやった。熱はその場で下がった。

意識は明瞭で、会話もちゃんと成立する。だが、なんとなく元気がない。

「まだ疲れを感じる」

そう言って、彼はもう一日自主的に寝込んだ。

きっと体ではないところが傷ついているのだろう。周りはそう思い、彼を黙って見守った。

彼が突発的に一週間も政務を放り出したことはなかったので、いろんなことが滞った。しかし、それこそ今やガラム王国の医療の象徴となった聖女が「安静にすることが必要です」と言えば済む話だ。

緊張の糸が切れたのだ。ヘルミナ姫がガラム王国に来てからの一ヵ月、あるいは婚約話が持ち上がってからの数ヵ月、もしかしたら直近の戦争の時から、その前の戦争の時から、立太子した時から、母である王妃が亡くなった時から――生まれた時から二十三年間、ずっと緊張しっぱなしの人生だったのだろう。

次期国王という身分である以上あまり好き勝手されても困るのだが、もう少し自由に生きてくれたらいい。

──という周りの思いを感じているのかいないのか、七日目にはけろりとした顔で普通に食事を取っていたので、彼の生来の性格が憎たらしく、周囲のこういう気苦労は今後一生続きそうである。

魔法騎士団の幹部とエルド、そしてネヴィレッタ、加えてヘルミナ姫とダリアを招いた昼食の場で、レナート王子はにやにやしていた。

「もはや父上は肩書だけの王で実質的に私の天下と見たぞ。見たかね、私の部屋に飾られている見舞いの花々を」

寝室に入り切らず、応接間や執務室、書斎や着替えの間まであふれ出している花束には、国内各地の政治的な首長や職業組合のトップだけでなく、各国の大使が国家元首の名代で用意したとの文書が添えられていた。国内外のすべての国や団体がレナート王子の回復を願っていたと言っても過言ではない。

「怪我をしたかいがあったというものだ」

ちなみにその額の傷もついでにネヴィレッタが治してしまったので今はもうない。

「もう怪我なんてなさらないでください、レナートさまにまた何かあったらわたくしの心臓が止まってしまいます」

この一週間ずっとレナート王子のかたわらに寄り添っていたヘルミナ姫が、今にも泣きそうな声で言った。恩知らずなレナート王子はそれを「はいはい」と言ってあしらった。

「さて、どうやって父上を消そうかな」

性格が悪い。

そこで口を開いたのはセリケだ。

「無謀な計画を立てずとも、近々バジム陛下は退場することになりそうです」

彼女は相変わらず涼しげな顔をしている。彼女の顔を見ているとすべて何もなかったかのようである。

「殿下がお休みの間にも政府は動いておりましたので。お疲れのところお耳に入れるのは良くないという判断で誰も申していなかったようですが」

「というと？」

「もはや陛下の失墜は誰の目にも明らかで、戦争の企図が国家の転覆に当たるのではないかという議論がなされております。議会はそういう議論をすることで今まで陛下に追随していたおべっか遣いの政治家を翻意させるつもりです」

グラスからジュースを飲みながら、セリケが淡々と話す。みんなさすがにこの時間帯には酒を控えている。

「我が国は立憲君主制を取っておりますので、王といえども国家の転覆をもくろむのは憲法違反であってたいへん罪が重いと議会は見ています。早々に裁判所送りにすべきとの声は大きく」

セリケは魔法貴族である。父親は議会の重鎮であるラニア公爵だ。政治のこともよくわかっていて、今なおまだ少し世間知らずなところのあるネヴィレッタよりずっと詳しい。

「世論も陛下の退位と殿下の即位を熱望しておりますので、話は粛々と進むでしょう」

「それはありがたい」

レナート王子も淡々としている。いつもと変わらぬうっすらとした笑みで、落ち着いて会話をしている。

「ネヴィレッタが治してくれたことにより父上は正当な裁きを受けられるということだ。めでたしめでたし」

「積年の恨みを晴らす、とかじゃねえんだな」

カイの真剣な問い掛けに、レナート王子は頷いた。

「私は政治家だ。私怨で憲法違反を追及しようとは思わない。だが政治家としてはとことん追及するだろう。まあ――」

そして、目を鈍く輝かせる。

「終身刑にでもなってもらうかな」

その場にいた全員が、沈黙した。

「国家の平和の礎だ」

何もかもレナート王子の思いどおりになったということだ。

「それもこれもみんなの尽力のおかげだ。感謝する」

「本当に感謝してくれてるのかよ」

「もちろん。エルド、君にもたいへん救われた。やはり叙爵だね」

「いらないってば」

ネヴィレッタは、溜息をついた。

「そうね、わたしが治したから」

正しく裁きを受け、規定どおりの刑罰を与えられる。それは法治国家であり民主主義国家である国としてあるべき姿だと思う。

しかし、ネヴィレッタは、どんな人間でも人生というものがある、と思ってしまう。

「わたし、これから、誰を治して誰を治さないか、選ばされ続けるのですね。すべての人間を治すことはできないのですから」

ナイフとフォークを持つ手が、震える。

「いいえ。選び続けるのですね」

とても、苦しい。

「かといって、一人でも多くの人間を助けるためには、わたし自身が命を投げ出してはいけない。自分自身を守ることが、周りのみんなを救うことにつながる。でも……、それがたいへん重いです」

いつか、命の軽重を、考えさせられる日が来る。

「とても……、重いです……」

「ネヴィレッタ」

優しく声を掛けられた。エルドの声だ。

顔を上げると、エルドと目が合った。

彼は、穏やかに微笑んでいた。

「その重荷は、僕が半分背負うよ」

「エルド……」

「前にも言ったよね、魔法は僕の前でないと使っちゃいけない、って。ネヴィレッタ一人にすべてを負わせるわけにはいかない。僕が、一緒に考えるよ」

肩の強張りが、解けていく。

「ありがとう……」

すると、カイの「俺も」やセリケの「私も」、ヘルミナ姫の「わたくしも」やダリアの「私も」が続いた。なんと温かい空間か。ネヴィレッタは安心した。

その様子を、マルスは緩く微笑んで見つめていた。

周りを見回していて、ふと、彼と目が合ってしまった。

ネヴィレッタは少し、緊張した。

だが、みんなに応援されているので、少し強い気持ちになった。

「殿下が王になったら。また、魔法使いの扱いも変わるわね」

マルスの目をしっかり見てそう言った。

彼は変わらぬ笑顔で頷き、こう返した。

「全部、お前の思うとおりにしていい。俺も、覚悟はできている」

そして、ゆっくり頷いた。

「もう、お前の好きにしていいんだ。自由になるといい。……いや。自由になってくれ」

ネヴィレッタも、しっかり頷いた。

2

レナート王子の体調が元に戻ってからさらに一週間後、ヘルミナ姫はメダード王国に帰ることが決まった。

もともと婚約の儀式のための一時的な滞在のはずだったので、予定日数は超過している。正式な結婚式は当分先だ。ましてレナート王子は結婚が先か戴冠が先かという議論のさなかにいるので、今ヘルミナ姫に張りついているわけにはいかない。

彼女は帰りもフナル山を通過することになっていた。ネヴィレッタとエルドはフラック村から直接フナル山に見送りに来た。

エルドが作った鉄製の門扉の前にて、ヘルミナ姫は声を漏らして泣いていた。

「帰りたくありません……ガラム王国で皆さんと一緒にいたいです……」

実家に帰っても彼女は家族に冷遇されている。それに、メダード王国は魔法使いに厳しい。

ネヴィレッタの胸は痛んだ。

ずっとここにいてもいいと、言ってあげたかった。だがここでいったん帰さないと、ガラム王国とメダード王国の間の取り決めも破ることになる。

メダード王は娘の帰還を望んでいた。彼がそれを本心から出た娘への愛情ゆえに言っているわけではないのは明らかだった。けれど、一国の王がそうと言っているのに逆らうことはできない。民衆は彼女が城の中でないがしろにされていることを知らないし、おおやけにするにはまだ時が早すぎる。

ヘルミナ姫を取り巻く状況が、厳しい。

彼女には、家に帰ってゆっくり休んで、とは、言いたくない。世の中には、休める家と休めない家がある。

「早く次の機会が来ることをお祈り申し上げます」

そう言って、ネヴィレッタはヘルミナ姫を抱き締めた。ヘルミナ姫は、すぐにネヴィレッタを抱き締め返した。ネヴィレッタの耳にこめかみを寄せ、大きく頷く。

「わたくし、荷物をまとめて、父上さまの許可が出るのを待ちます」

「ええ、本当に、そうなさってください。わたしも、楽しみにしていますから」

彼女の手が、ネヴィレッタの服の背中を強くつかんだ。

「それに、わたくし、もっと勉強しなくては。立派な王妃になるには、いろんなことを学ばないと。今まで目を背けてきたことに向かい合うわ。魔法の訓練もするわ、ダリアやエルドの手を借りなくても暮らせるように」

ネヴィレッタも、彼女の後頭部を包み込むようにして撫でた。

「強くなりたい。いえ、強くなるわ」

「姫さま……」

そのかたわらで、エルドや魔法騎士団の幹部たちがダリアに話し掛けている声がする。

「ダリアはこれからどうするの？」

「姫様と一緒にメダード王国に戻りますよ」

「その後だよ。ヘルミナが結婚してガラム王国に来たら、ダリアもこちらに帰ってくる？　それとも――」

エルドの声が、少し、緊張している。

「もうガラム王国なんて嫌になった？　また放浪の旅に戻るのかな」

ダリアは少し、間をあけた。

「今は、具体的なことは決めません」

「そう」

「でも、きっと、この国に帰ってくるでしょう」

脇で聞いているネヴィレッタも、胸を撫で下ろした。

「姫様が心配ですし、エルドと過ごす時間も持ちたいですし、これから家族になるのだから、ネヴィレッタさんやレナート殿下とも交流させていただけたら」

「うん」

「確かに、嫌な思い出の多い土地ではありますが……、私はここでバーニオと愛をはぐくみましたので、そういう郷愁もあります」

「そっか……」

ヘルミナ姫から離れて彼女らのほうを向くと、エルドがダリアを抱き締めていた。ネヴィレッタはそれを微笑ましく思いながら見守った。

「一緒にバーニオのお墓参りに行こう。僕はずっとダリアを待ってるよ」

「ええ、そうしましょう。もう大人の男性になってしまったので一緒に暮らすことはないかもしれませんが、何かあったらいつでも寄り添えるようにしますからね」

体を離し、互いに見つめ合う。

ダリアがエルドの肘を軽く叩いた。

「あなたが恋人を大切にしながら丁寧に生活しているのを見てとても安心しました。これからもネヴィレッタさんと仲良く暮らしてください」

「もちろん」

「あと、時々国のことを思ってくださるととても嬉しいです。もちろん、あなたの力が軍事利用されることはもう二度とあってはいけないと思います。ですが、私は魔法とは本来平和のためにあるものだと信じています。きっと、バーニオもそう思っていたに違いありません。そのうち何か他の使い道ができますから、その時には皆さんに協力してさしあげてくださいね」

「わかったよ。どうせネヴィレッタもみんなのため一なんて言って中央にしゃしゃり出ていくんだろうから、その時は僕もついていくよ」

彼女はふと、笑った。

「生きていてくれて、ありがとうございます」

エルドも優しく微笑んだ。

「こちらこそ。どうか、また会える日までお元気で」

そして、離れていった。

「それでは、王女殿下」

メダード王国からやって来た遣いの騎士が声を掛けてくる。ヘルミナ姫とダリアが振り向く。

「馬車にお乗りください」

「ええ」

視線の先には四頭立ての馬車が待っていた。メダード王国の国章とメダード王家の紋章が入った豪華なもので、おそらくフナル山に来た時に乗っていたのと同じものだ。

ヘルミナ姫が、名残惜しそうにこちらを見た。

「何か、最後に言うことは？」

彼女の目は、レナート王子をしかと捉えていた。

「私かね」

「他にどなたがいますか」

二人とも剣呑（けんのん）な空気になった。ともすればここで夫婦喧嘩でも勃発しかねない雰囲気だ。ヘルミナ姫もレナート王子に自分が雑に扱われることに慣れてきたのだろう。図太くなってきた。ネヴィレッタは良い傾向だと思っている。この二人の場合は、本音でやり取りできる時間が必要だ。

「愛する恋人が国を隔てて離れていこうとしている時に取る態度というのは、どういうものですか?」

そういえば、そういう設定になっていたのを忘れ去っていた。初めて聞いた時は繊細な女心を政治に利用するなどレナート王子は鬼畜なのかと思っていたものだ。こうして大衆に見られている場で蒸し返されるのはどんな気持ちだろう。いい気味だ。

そう思って見物していたのだが、次の時だった。

レナート王子が、一歩、ヘルミナ姫のほうに足を踏み出した。

彼の手が伸びた。

彼女の頰を捕らえた。

少し、顔を上げさせた。

唇と唇が、触れた。

見守っていた民の間から指笛が鳴り、歓声が上がった。

顔を離す。ヘルミナ姫の頰が真っ赤に染まっているが、レナート王子は緩く微笑んでいるだけで平然としている。

なんてことだろう。口づけくらいエルドと何度もしているが、他人がしているのを見物するのはこんなにも居心地の悪いことだとは思っていなかった。とんでもない。恥知らずだ。しかしそうと罵ることすらできないほどネヴィレッタは照れた。

レナート王子がヘルミナ姫の耳元に口を寄せた。

何か、ささやいた。

ややあって、ヘルミナ姫が笑顔になった。

「もう！」

彼女が元気いっぱいの様子でレナート王子を抱き締める。

「だいすき！　愛しています」

そこまで言うと、彼女はレナート王子から――ガラム王国一同から離れて、馬車のほうへと歩き出した。

「またね！　いつか絶対戻ってきて立派な王妃になってみせますからね！」

ダリアも「ありがとうございました」と言いながらヘルミナ姫を追い掛けていった。

ガラム王国一同は、手を振って見送った。

馬車のドアが閉められる。そびえたつ壁の鉄製の門扉が開けられる。見送りのラッパやドラムの音楽が奏でられる。

民衆に「ヘルミナ姫万歳」の声を掛けられながら、彼女は去っていった。

馬車が向こう側に行き、音楽が鳴り終わった時だ。

エルドがぼそりと言った。

「もう当分中央に関わりたくない」

ネヴィレッタは声を上げて笑った。

「村でゆっくり過ごしましょう。また静かな暮らしに戻りましょう」

「そうだね、他人がいるところはもうこりごりだ。村にひきこもっていたいよ」

「もうすぐ家も完成するんだし、大丈夫」

「君がそう言ってくれると安心するね」

春の暖かな日差しが、あたりを包んでいた。

エピローグ

ステンドグラスに日の光が当たっている。色付きガラスがその光を通して床に彩り豊かな模様を描いている。赤いカーネーション、白い百合(ゆり)、青い薔薇(ばら)、たくさんの花々の絵がガラスの中で咲き誇っている。

いつか来た森の中の教会に、二人はいた。

二人のほかには誰もいない。ひとけのない、静かな空間だった。古ぼけた説教壇にも司祭はいない。ただ奥にある祭壇に聖女の像が置かれていて、唯一彼女だけが二人を見守っているといえた。

ネヴィレッタはそれで満足だった。

誰にも邪魔をされない、エルドと二人だけの結婚式。

人間の祝福などいらなかった。大気に許され、大地に受け入れられる、それだけの式でよかった。

お互いがお互いを見ているだけでよかった。

誰の手も入らない式だった。

ネヴィレッタは頭を白いヴェールで覆っていたが、これは自分でレース編みをして作ったものだ。毎日こつこつ少しずつ時間をかけて編んだ。花嫁衣装といえるものはそれだけだった。服は普段ちょっと街に出る時のよそ行きのものだが、これといって華やかなわけではない。

手に持っているブーケも、エルドが今朝思いつきで魔法を使って育てた花を束ねたものだ。専門の花屋が作ったものではないので、少し不恰好だった。

でも、幸せだった。

今日、自分はエルドの花嫁になる。

あの家が完成して、荷物をすべて新しい部屋に運び込んだ。あとはネヴィレッタがそこに腰を落ち着かせれば終わりだ。

そして、新しい生活が始まる。ずっと待ち望んでいた結婚生活だ。

説教壇の前に立って、二人は顔を見合わせて笑った。

「こういう時、誓いの言葉を言うんだよね。何だったかな。もう何年もひと様の結婚式に出たことがないので忘れちゃった」

「わたしもよ。うんと小さい時に親戚の結婚式に出たことがあるくらい。物心がついてからは一度もないと思う」

「えーっと、そうだな。まずは、指輪かな」

そう言って、彼は説教壇の上に置いてあった小さな箱を手に取った。

「では、指輪の交換を。……あれ？　交換？　僕もしたほうがいいのか」

「しっかりして」

声を上げて笑う。

「いいわよ、今度にしましょう。またいつか王都に行った時に考えましょう。焦らなくていいわ」

「そうだね。今後ゆっくり考えていけばいいよね。人生この先のほうが長いんだもんね」

「そうよ。ずっと一緒にいるんだから」

エルドが、ネヴィレッタの左手を取った。

「ずっと。ずっとずっと、永遠に」

そして、薬指に、ゆっくり、指輪をはめた。

「病める時も、健やかなる時も。互いを愛し、慈しむと誓いますか」

「誓います。──病める時も、健やかなる時も。互いを愛し、慈しむと誓いますか」

「誓います」

顔と、顔を、寄せる。

「では、誓いのキスを」

唇と、唇を、重ねる。

静かな静かな、優しい誓いのキスだった。

「これで、いいかな」

エルドの問い掛けに、ネヴィレッタは感極まって流れてきた涙をそのままに頷いた。

「これで、わたし、エルドのお嫁さんになるのね」

「そうだよ。そして僕は君の夫に」

「嬉しい」

「僕もだよ」

ただ、笑い合うだけの日々を。死ぬまで。

「……行こうか」

一緒に。

「あの家に、帰ろう」

「……はい！」

エルドが出入り口のほうを向いてから改めて腕を差し出した。ネヴィレッタはその腕に自分の腕を絡めた。

二人で、歩き出す。

二人で、扉を開ける。

ところが、そこで突然、だった。

「おめでとうございます!」

大勢の人が声を揃えてそう言った。

「えっ」

白いフラワーシャワーを浴びせ掛けられた。

いつの間にか教会の周りをフラック村の住人たちが囲んでいて、みんなフラワーシャワー用の花をかごに入れてさげて立っていた。

「おめでとうございます、ネヴィレッタ様、エルド様」

村長の好々爺(こうこうや)が歩み出てきて、司祭のような顔をして言った。

「村の一同はお二人をずっと応援させていただきます」

「どうして皆さんがここに……?」

「そりゃ、領主館でお世話していた大事なお嬢様の出発式ですから。みんな気に掛けておりましたよ。荷物を運ぶだけじゃ足りない、もっともっとお二人のために何かできないか、ってね。これからも村で一緒に暮らせるとは思っておりますが、ここを節目にね」

こんなふうに見守られて出発できることを、とても幸福に思う。

「どうぞ、お幸せに」

「はい……！」

涙が次から次へとこぼれてくる。だが、それは決して悲しいからではない。

全身が温かな気持ちで満たされていて、胸に優しい言葉が詰まっていて喉がうまく動かない。

「ありがとう……！」

村人たちが口々に「お幸せに」「おめでとうございます」と言いながら花びらを撒く。

その中を二人で歩いていく。

未来に向かって足を踏み出す。

これが平和で幸福であるということだ。

永遠に続きますように。

ネヴィレッタはそう祈りながら一歩一歩大地を踏み締めた。

あとがき

このたびは、この作品をお手に取ってくださいまして、まことにありがとうございます。1巻の発売後に案の定「あとがきから読んだ」とおっしゃる方が複数現れたので、今回もネタバレに配慮して書かせていただきます。

うちには猫がいます。体重5キロほどのオス猫です。もともとは港に住んでいた保護猫で、よくいる短毛タイプです。

猫と一緒に暮らしている方々はご存じだと思いますが、梅雨が近づいてくると、猫は換毛期に入ります。冬の毛が抜け、夏の毛に生え変わります。この換毛期が人間にとってはたいへんきついのです。部屋は毛だらけになり、体にもまとわりつきます。朝晩にブラッシングをしても間に合いません。短毛のうちの猫でもこんなに大変だというのに、長毛の子と暮らしている方々の苦労はいかばかりか。愛しているので耐えられますが、愛がなければやっていけません。これから猫を飼うという方にアドバイスを求められたら、「毛がすごいよ」とお伝えしたいです。

こうして5キロの猫でさえ同居にはさまざまな困難があるのを感じているので、もっと大きな生き物と暮らしている方はもっと大変なのではないか、と考える時があります。

エルドとネヴィレッタはスローライフを始めますが、生き物は当分飼わない設定です。スローライフには人間以外の生き物がつきもののように感じます。けれど、この二人は今はまだフラック村の住人たちの家畜に触れるので満足しているようですので、もうちょっと覚悟が決まるまではそういう交流の範疇で楽しんでいただきます。

本作に関わってくださったすべての方々に御礼申し上げます。テンションの上下が激しい私を見守ってくださっている皆様、いつも本当にありがとうございます。生まれて初めての続刊、生まれて初めての書き下ろしを出せてやっとプロ作家らしくなってきたと思っているのですが、それもこれも泣き言を口にする私を励ましてくださった皆様のおかげです。また、この作品が出る頃には情報が解禁になるかと思いますので、コミカライズ担当の漫画家・深田華央先生にも感謝をお伝えしたく存じます。

丹羽夏子

<初出>
本書は書き下ろしです。

メディアワークス文庫

不遇令嬢とひきこもり魔法使い2

ふたりでスローライフを目指します

丹羽夏子

2024年7月25日　初版発行

発行者　山下直久
発行　株式会社KADOKAWA
〒102-8177　東京都千代田区富士見2-13-3
0570-002-301（ナビダイヤル）
装丁者　渡辺宏一（有限会社ニイナナニイゴオ）
印刷　株式会社暁印刷
製本　株式会社暁印刷

●お問い合わせ
https://www.kadokawa.co.jp/（「お問い合わせ」へお進みください）
※内容によっては、お答えできない場合があります。
※サポートは日本国内のみとさせていただきます。
※Japanese text only

※定価はカバーに表示してあります。

Printed in Japan
ISBN978-4-04-915743-7 C0193

メディアワークス文庫　https://mwbunko.com/

本書に対するご意見、ご感想をお寄せください。

あて先
〒102-8177　東京都千代田区富士見2-13-3
メディアワークス文庫編集部
「丹羽夏子先生」係

後宮の夜叉姫

仁科裕貴

既刊5冊
発売中!

後宮の奥、漆黒の殿舎には
人喰いの鬼が棲むという——。

　泰山の裾野を切り開いて作られた綜国。十五になる沙夜は亡き母との約束を胸に、夢を叶えるため後宮に入った。

　しかし、そこは陰謀渦巻く世界。ある日沙夜は後宮内で起こった怪死事件の疑いをかけられてしまう。

　そんな彼女を救ったのは、「人喰いの鬼」と人々から恐れられる人ならざる者で——。

『座敷童子の代理人』著者が贈る、中華あやかし後宮譚、開幕！

メディアワークス文庫

走る凶気が私を殺りにくる

三浦晴海

あおり運転? 殺人鬼? 追ってくるのは誰?
極限下のドライブホラー！

うしろから、あおり運転。助手席に、認知症の老人。

介護タクシー会社に勤務する芹沢千晶は、ある日、仕事中に後続車からあおり運転を受けた。

黒く巨大な車は獣のように荒々しく、車間を詰めてパッシングを繰り返す。助手席に認知症の老人を乗せる千晶は、次第に不安と恐怖を抱き始める。

何が気に入らないのか、何が目的なのか、ハンドルを握る手に汗がにじむ。やがて単なるあおり運転とは別の悪意を感じ始め……。

悪夢のような一日と、その果てに辿り着く恐るべき結末。

このドライブの結末は、誰も予想できない——。

極限下のドライブホラー！